CANGYANGJIACUO SHIBIAN

仓央嘉措诗编

CANGYANGJIACUO SHIBIAN

仓央嘉措◎著

任艳红◎注

煤炭工业出版社

·北　京·

图书在版编目（CIP）数据

仓央嘉措诗编／仓央嘉措著；任艳红注．--北京：煤炭工业出版社，2017（2021.4 重印）

ISBN 978-7-5020-6232-3

Ⅰ.①仓… Ⅱ.①仓… ②任… Ⅲ.①古典诗歌—诗集—中国—清代 Ⅳ.①I222.749

中国版本图书馆 CIP 数据核字（2017）第 265250 号

仓央嘉措诗编

著　　者　仓央嘉措
注　　解　任艳红
责任编辑　马明仁
装帧设计　余　微

出版发行　煤炭工业出版社（北京市朝阳区芍药居 35 号　100029）
电　　话　010-84657898（总编室）
　　　　　　010-64018321（发行部）　010-84657880（读者服务部）
电子信箱　cciph612@126.com
网　　址　www.cciph.com.cn
印　　刷　晟德（天津）印刷有限公司
经　　销　全国新华书店

开　　本　880mm×1230mm 1/32　**印张**　6 1/2　**字数**　150 千字
版　　次　2017 年 11 月第 1 版　2021 年 4 月第 3 次印刷
社内编号　9112　　**定价**　28.00 元

序　言

1683年3月1日，仓央嘉措出生在藏南门隅地区的宇松。他父母是门巴族，世代信奉宁玛派佛教——红教。他父亲是个贫穷落魄的红教喇嘛，但是很清高，因为受亲戚迫害，不得不离开宇松，后来到达旺的乌坚林居住。仓央嘉措自幼灵慧，深受父母和乡邻的喜爱。

其实，早在1682年的2月25日，五世达赖洛桑嘉措就圆寂了。当时，桑结嘉措任第巴（俗称“藏王”），管理西藏地方政务。为了继续掌握拉萨的政教实权，桑结嘉措秘不发丧，对外只宣称达赖喇嘛年迈多病，需要静养，除了桑结嘉措谁也不见。同时，桑结嘉措偷偷到民间寻找转世灵童。这样，一旦日后事情败露，也能马上迎六世达赖入布达拉宫。

寻找转世灵童的地点，选在了藏南门隅的纳拉山下。这里偏僻、安定，也容易保守秘密，而且此处的人多信奉红教，如果能在这里诞生一个黄教教主出来，将会大大扩大黄教的势力。按照当时黄教教规，哪个婴儿抓取到前世达赖的遗物，便是转世灵童。于是仓央嘉措被选中为五世达赖的转世灵童。桑结嘉措的使者并未将真实意图告知仓央嘉措的父母。直到1685年，桑结嘉措才派人找到仓央嘉措，将他接到措那城堡悄悄地供养了起来。

公元1691年，康熙帝御驾亲征，在漠北蒙古昭莫多大破噶尔丹，看过被俘藏人的口供，才得知五世达赖去世很多年了，可桑结嘉措隐秘不报，还唆使噶尔丹东犯。康熙帝震怒，下诏痛斥桑结嘉措，意欲征讨。桑结嘉措惧怕清廷，只好遣使奏报，言辞谦卑，说是惧怕西藏社会动荡，才隐瞒未报。康熙帝为了内地的休养生息以及西藏的社会安定，就宽恕了桑结嘉措的罪过。

1697年，仓央嘉措被桑结嘉措认定为五世达赖的转世灵童，从藏南迎到拉萨。途经朗卡子县时，拜五世班禅洛桑益西为师，剃发受戒。同年的10月25日，仓央嘉措在拉萨布达拉宫坐床，成为六世达赖喇嘛。

能登上至尊宝座，仓央嘉措并不高兴，因为他家信奉的是宁玛派佛教（红教），教规并不禁止僧徒娶妻生子。他在民间生活，自由自在，甚至有一个青梅竹马的意中人。可达赖属于格鲁派佛教（黄教），教规是严禁僧徒结婚生子、接近妇女的。仓央嘉措虽有达赖喇嘛之名，但并无实权。第巴桑结嘉措大权独揽，仓央嘉措只是个傀儡。仓央嘉措不喜欢被人当作神佛供养在布达拉宫里，也厌烦从早到晚没完没了地诵经礼佛的生活，他满心怀念的是民间多彩的习俗和美丽聪慧的恋人。

仓央嘉措生活上遭到禁锢，政治上受人摆布，内心极为抑郁，便索性纵情声色。这出于他对自由和爱情的向往，也是对外在强加的戒律与权谋的反叛。为了出入方便，仓央嘉措绞尽脑汁。最终，他私自在布达拉宫的正门旁开了个侧门，自己拿着钥匙。从此，他白天是高高在上的活佛；夜晚便换上俗人的衣服，戴上长长的假发，化名为当桑汪波，以贵族公子的身份，流连于拉萨街头的酒家、民居，甚至夜宿宫外女子之家，享受着世俗的欢乐生活。“住进布达拉宫 / 我是雪域最大的王 / 流浪在拉萨街头 / 我是世间最美的情郎”，这首诗就反映了他活佛与俗人的双重生活。

一天夜晚，仓央嘉措又从侧门溜出去会情人。怎奈，等他黎明时分从情人家出来时，天空正飘洒着鹅毛大雪。他冒着风雪回到布达拉宫，脚印一直延伸到他的寝宫。清早起来，铁棒喇嘛发现雪地上有人外出的脚印，以为来了贼人，便顺着脚印寻觅，才发现外出的是仓央嘉措。此刻，仓央嘉措的风流韵事就败露了。各种指责和疑问纷至沓来。此时，活佛仓央嘉措的心情是微妙的，无法言表的，他写下悲怆而凄美的情歌：

“夜里去会情人 / 黎明天降大雪 / 还有什么秘密 / 雪地足印明白”

明末清初时，黄教为了取得在西藏的统治权，曾经联合蒙古四部之一的和硕特部，以武力击败了当时执政西藏的藏巴汗和噶玛噶举派。和硕特部的大军在西藏取得胜利后，不愿撤离，屯驻在当地。黄教无法与和硕特部抗衡，始终未能夺回大权。1701 年，和硕特部固始汗的曾孙拉藏汗继承了汗位。拉藏汗与藏王桑结嘉措的矛盾日益尖锐。

仓央嘉措卷入以藏王桑结嘉措和拉藏汗为代表的权力斗争的旋涡，本就是身不由己，如今事情败露，更是深深卷入藏蒙两方的矛盾旋涡中，激起了惊涛骇浪！拉藏汗利用仓央嘉措与桑结嘉措间的矛盾，制造越来越多的麻烦。桑结嘉措决定先下手为强，暗中派人给拉藏汗的饭中下毒。事情败露后，拉藏汗大怒，统兵攻打藏军。藏军溃败，桑结嘉措被抓获斩首。从此，蒙古人拉藏汗统治西藏达 12 年之久。

拉藏汗掌握大权后，对仓央嘉措多方责难。拉藏汗派人到京师，构陷谗言，说桑结嘉措勾结准噶尔人，妄想反叛朝廷；还说桑结嘉措所认定的仓央嘉措并非五世达赖喇嘛的真正转世灵童，说仓央嘉措沉湎于酒色，不守清规戒律，请求废除。康熙帝派人到西藏，封赏拉藏汗，下令废除仓央嘉措，并押解到京师。

仓央嘉措被废掉后，不久便被押往北京。途径哲蚌寺时，仓央嘉措被僧人抢入该寺的甘丹颇章宫中。拉藏汗得知消息后，派兵包围哲蚌寺，而僧人们准备以武力抵抗。仓央嘉措不愿双方发生流血冲突，主动走到蒙古军中，平息了这场战斗。

关于六世达赖的死因，历来众说纷纭，主要有四种说法：一是仓央嘉措在押解进京途中，病逝于青海湖；二是在押解入京途中，仓央嘉措被拉藏汗秘密处死了；三是仓央嘉措被康熙帝囚禁于五台山，抑郁而终；四是仓央嘉措被好心的解差放走了，最终成为青海湖边的一个牧人，诗酒风流地度过余生。近年来的考古发现证实，仓央嘉措在内蒙古阿拉善地区弘法利生，最后圆寂在此。腾格里茫茫大漠中的承庆寺、昭化寺以及贺兰山的广宗寺，都见证了仓央嘉措的这段生命历程。

“莫怪活佛仓央嘉措，风流浪荡；他想要的，和凡人没什么两样。”藏族人虔诚礼佛，可他们的内心，感觉最能让人亲近的达赖喇嘛，是在布达拉宫没有灵塔的仓央嘉措。人们如此崇拜这位年纪轻轻就遭谋害的少年喇嘛，是因为这少年喇嘛的情诗里，有对人生的理解与热爱。而这些，又何尝不是他们内心深处的真实想法？

仓央嘉措这位情歌大师，人生历程何其短暂，竟写出数百首情诗！西藏雪域高原是何等粗犷残酷的环境，竟能孕育出如此婉转细腻的诗歌来。如今，仓央嘉措的诗歌被译成 20 多种文字，传遍世界各地，时至今日，仍不断有新译作出现。不但如此，推崇仓央嘉措诗歌的人也越来越多了。究竟是什么原因呢？一位藏族高僧说："六世达赖以世间法让俗人看到了出世法中的精神世界，他的诗歌能净化一代代人的心灵。他以慈悲之心让俗人感受到佛法不是高不可及的，他特立独行，却让人领悟到了真正的教义！"人们喜欢仓央嘉措的诗歌，原因何其简单！他的诗歌能直抵人们灵魂深处，就如风吹起涟漪，一圈圈，蔓延开去，让人怅然若失。

仓央嘉措是个真诚的人，是个孤独的人，是个有信仰的人。谁说爱不是另外一种信仰？谁说爱不是另外一种修行？对于仓央嘉措而言，穿越了情爱的迷障，他便不再孤独，而且获得了重生。在经历了爱的修行后，仓央嘉措参透了爱欲生死，呈现出清静相。于是，迦叶拈花，世尊微笑。

任艳红

目 录

仓央嘉措情诗

在那东山顶上

在那东山顶上
升起皎洁月亮
母亲般情人的面容
时时浮现我心上

【诗解】诗歌第三行中的“母亲”，原文中为“玛吉阿玛”。有些人也将“玛吉阿玛”译为“未嫁少女”、“佳人”或者“未嫁娘”。对于这首诗歌的解读，关键在于对“玛吉阿玛”一词的理解。如果我们将“玛吉阿玛”理解为“少女”或“未嫁娘”，就不难发现，这是首情诗。面对东山顶上的皎洁明月，诗人顿生温情，由物及人，想到了情人。但如果将“玛吉阿玛”理解为“母亲一般的少女”，就有了“如母众生”的意味，就可以将此诗视为修行诗了。

去年种的青苗

去年种的青苗
今年已成秸秆
少年忽忽衰老
身比南弓还弯

【诗解】诗歌第四行所提到的“南弓”，是藏南、不丹等地盛产的良弓，多用竹子制成。诗歌以“禾苗”起兴，说去年禾苗还很茁壮，如今早就枯萎了；人也是一样，曾经的青春少年，转瞬就衰老了，身子变得比南弓还要弯。曹操有诗云：“对酒当歌，人生几何！譬如朝露，去日苦多。”时光易逝，人生无常，还是早早觉悟得好。仓央嘉措生于藏南，自然是熟识南弓的。有人认为这首诗是仓央嘉措的自喻诗，这种观点是合理的。

我那心爱的人儿

我那心爱的人儿
若是能终身偕老
就像从大海底下
捞上来一件奇珍异宝

【诗解】从表面看，这首诗歌表达了对情人深厚的情感，实际上有着更深的内涵。就如诗中所言，从深海中采集奇珍异宝不容易，而因为受身份限制，对于仓央嘉措来说，想要和心爱的人终身偕老，也是一种奢侈啊！美好的爱情得之不易，坚守不易，所以更要好好珍惜才是。

途中偶遇情人

途中偶遇情人
溢着醉人芳香
担心像那松石
拾到又弃置路旁

【诗解】诗歌中第三行中的“松石”是深受藏人喜欢的一种石头，被认为有辟邪护身的功用。诗歌描写诗人途中偶遇情人，芳香醉人，如同松石般珍贵。可这世间的男子，有多少人偶遇佳人，一见钟情，却只能擦肩而过，徒留回忆在心头？邂逅又错过是常事，接纳又抛弃也是常事。对待情人与爱情，要慎重，擦亮慧眼，识破迷障。这是因为，你丢弃的石头中，保不齐就有珍贵的白松石呀！

达官贵人的千金

达官贵人的千金
她那艳丽的面庞
看似高高桃树尖上
熟透了的果儿一样

【诗解】在每一个情人眼中，对方都是一个完美的存在，就犹如饱满多汁的蜜桃一般。“窈窕淑女，君子好逑。”仓央嘉措是个有慧根的人，即便是在身份的束缚之下，心也没有枯萎僵化，依然能看得到爱情，体验爱情。或许，对他而言，也一定是在经历世情种种，欲望种种之后，才能够看破，才能够放下吧！

心儿跟她去了

心儿跟她去了
夜里睡不着觉
白天没有得手
让人意冷心灰！

【**诗解**】此诗紧承上首诗的诗意。写诗人为佳人所吸引，连心都跟着佳人去了。“求之不得，辗转反侧。”因为思慕佳人，诗人翻来覆去，难以成眠。

花期已经过了

花期已经过了
蜂儿别再惆怅
相恋缘分尽了
何必枉自神伤

【诗解】鲜花盛开时，蜜蜂应时采蜜；鲜花凋谢时，蜜蜂随之离去。其实，人又何尝不是如此，注定要分分合合！蜜蜂无须因为花谢而惆怅，人也无须因为缘尽而神伤。人的念想不同，看待自身所处的境遇自然也有所差别。其实，这人世间，很多所谓的烦恼，不过是自找的。“得之不足为喜，失之不足为忧”，这才是人该有的境界吧？

芨芨草上的白霜

芨芨草上的白霜
还有那寒风的使者
就是它们两个
拆散了蜂儿和花朵

【诗解】诗歌第一行所提到的“芨芨草”是多年生草本植物，可作饲料，也可用来编织篓、席等物。诗歌第二行所说的“寒风的使者”指的是深秋的风。

在寒风和白霜的双重摧残下，百草凋零，芨芨草也不例外。蜜蜂和鲜花被拆散，它们的甜蜜成为过去。爱别离，是人生八苦之一。如何才能脱离苦海呢？唯有看破无常。世俗的欢愉是短暂的，失去了也不要过分悲伤。

野鸭流连芦苇

野鸭流连芦苇
想多停留一会
湖面却被冰封
叫人意冷心灰

【诗解】野鸭贪恋栖息之地，没有按时节迁徙，结果错过了迁徙的时节。最终，寒冷的冰雪覆盖了温柔地，野鸭徒留伤悲。追求欢乐本没有错，但超过了应有的界限，就未免过犹不及，成了偏执和贪念，烦恼和痛苦也就随之到来了。

渡船虽没情肠

渡船虽没情肠
马头却向后看
负心的人儿啊
不回头看我一眼

【诗解】诗歌第二行所说的“马头”是西藏木船上的一种脸朝后的木雕马头像。“渡船”本是无情之物，却作有情之态，“马头”面向船尾。与“渡船”不同，有情之人却不肯回头看“我”一眼，作负心之举。世事无常，最无常的恐怕就是人的心念了。人的心念，瞬间生成，又转瞬即逝，来去如电。要如何修行，才能把持得住心念，让心念安定下来呢？

集上邂逅姑娘

集上邂逅姑娘
立下海誓山盟
却像花蛇盘的结儿
没碰它就自动开了

【诗解】邂逅佳人，结下海誓山盟。可海誓山盟终会成空，就像花蛇盘结，无人碰触，自己就散开了。佛语有云："未曾有一事，不被无常吞。""无常"才是"常"，这是一个真理呀！

两小无猜的人儿

两小无猜的人儿
福幡插在柳旁
看守柳树的阿哥
请别拿石头打它

【诗解】诗歌第二行所说的“福幡”，是西藏地区人们在屋顶、树梢等地挂的印有梵、藏文咒语的布幡，具有祈福的功用。情人把福幡插在柳树旁，要与诗人终身相伴。诗人表示会好好看护那条福幡，绝不拿石头打它，会好好珍惜情人给他的爱。可世事无常，当时沉溺于爱情的两人，哪会料到以后会分离？阿哥没有打过她的福幡；她却将福幡插在别人家的柳树旁了。

写出的小小黑字

写出的小小黑字
水一冲就没了
刻在心上的图耐
想擦也擦不掉

【诗解】诗歌第三行的“图耐”是印章的意思。写下的字会被水冲没，刻在心上的图章擦不掉。如果心意浮浪，刻上图章又能如何？可如果心意坚定，就是想动摇，谁又能动摇得了呢？世事无常，观心无常，唯有定心才行。

盖上的黑色印戳

盖上的黑色印戳
它不会倾吐衷肠
请把信义的印章
打在彼此的心上

【诗解】此诗紧承上首诗的诗意。动就是妄心，为避免生妄心，首先要先安心。

生机勃勃的锦葵花

生机勃勃的锦葵花
如果拿了作供品的话
把我这年轻的蜂儿
也带到佛堂里去吧

【诗解】你是花朵，我便是围绕在你身边的蜜蜂；即便是你被送走，我也要紧紧相随。多么动人的情话，满是炽热与忠诚！其实，对爱人如此，对修行也是这样。

心爱的姑娘啊

心爱的姑娘啊
若离开我去修法
少年我也一定
跟随你到山里

【**诗解**】此诗紧承上首诗的诗意。爱是世间最美好的语言。心中无爱不成佛。心爱的姑娘去修行，我也会紧随而去。这是从一己之爱提升到普爱众生，拥有慈悲之心，是修行必有的境界。

我去上师那里

我去上师那里
恳求指点明路
心儿不由自主
跑到情人去处

【诗解】诗歌第一行中所说的“上师”，在藏传佛教中指具有崇高德行，堪称世人典范的人。诗人想去请上师指点迷津，却抵不住诱惑，去了情人那里。这世间有许多美好的事物，无不对人形成诱惑。抵住诱惑，才能见证本心。

观想的上师面孔

观想的上师面孔
很难出现在心上
不想的情人容颜
心头却明明亮亮

【**诗解**】诗歌第一行所说的“观想”，是佛教术语，即心中想象着自己所要修的神的形象。此诗紧承上首诗的诗意，写的是观想中两种不同欲望间的交战。

想她想得放不下

想她想得放不下
如果这样修法
今生此世
定会成个佛啦

【**诗解**】观想时，心念要集中于某一个对象，以消除贪欲等妄念，更好地修行。通过观想，能够使散乱的心安定下来，得到觉醒，获得智慧。

水晶山上的雪水

水晶山上的雪水
党参叶尖的露珠
再加甘露作曲子
空行女酿的酒
发着圣誓喝下
就不会堕入恶途

【诗解】诗歌第四行所说的“空行女”，在西藏传说中多为绝世美女，此处有“智慧”的意思。诗歌第六行所说的“恶途”是佛经用语，指地狱、饿鬼、畜生三道。雪水、露珠、甘露、空行女酿造的酒，都是圣洁之物。喝下这些圣洁之物，不会在六道轮回中堕入恶途。由此，可以看出诗人修行的决心。

时来运转的时刻

时来运转的时刻
祈福的风幡竖起
会有那贤淑的姑娘
请我去做客

【**诗解**】看似无缘的人，也许哪一天，就有了缘分。竖起祈福的风幡，诗人虔诚地等待，期望那位贤淑的姑娘，能邀请他去做客，好到那位姑娘的身旁。

露着皓齿微笑

露着皓齿微笑
向着满座顾望
眼波流转之处
是那少年脸庞

【**诗解**】诗人受邀到情人家中做客。他的情人，正站着向四座顾盼，在闹嚷嚷的满屋子的客人中寻找英姿飒爽的仓央嘉措，看他到了没有。就在这时，仓央嘉措刚好闯进来。两人四目相对，一个眼神胜过千言万语。迦叶拈花，世尊微笑，一切尽在不言中，全靠顿悟。

问问倾心的人儿

问问倾心的人儿：
愿否结成伴侣？
答道：除非死别，
活着永不分离！

【诗解】这是诗人与情人间的爱情誓言：只要活着，就永不分离！只有死亡才能让两人分开。而藏传佛教认为，死亡并不是生命的结束，而是下一世轮回的重新开始。

如果顺了情人的心意

如果顺了情人的心意
今生就和佛法绝缘
如果到深山幽谷修行
又违了那姑娘心愿

【诗解】有什么两全的办法，能够做到“不负如来不负卿”呢？诗人在佛与红尘间苦苦挣扎。实际上，这也是一种修行吧？以情证佛，因为懂得，所以慈悲。

工布少年的心儿

工布少年的心儿
像蜂儿掉进蛛网
和情侣缠绵三日
又想起佛法终极

【诗解】诗歌第一行所说的“工布”是西藏东部林区，吐蕃九个小邦之一。诗人缠绵于爱情，又想起佛法修行，陷入理欲之争，就犹如掉入蛛网的蜜蜂，苦苦挣扎，备受煎熬。

你这命定的伴侣

你这命定的伴侣
要是背信弃约
头髻上戴的松石儿
它也不会言语

【诗解】人世间的男女，要经受誓言的考验。可许多人经不住这种考验。短暂的欢愉过后，索取的本性就显露了出来。当爱变质为欲望，这种爱也就成了一种烦恼。唯有出离，不再执着于过往所执着的事物，才能获得清静。

露着皓齿儿微笑

露着皓齿儿微笑
把少年魂儿勾跑
是不是真心爱慕?
请发个誓儿才好!

【诗解】世间万物中，人的心念变化最快，也最无常。诗人的魂儿都被情人勾走了，他想知道情人是否真心爱慕自己，要情人许下誓言。可誓言又能保证什么？无常是不变的真理，懂得这个道理，人也就会淡化执着了。

鸟石路遇的姑娘

鸟石路遇的姑娘
是酒家阿妈撮合
如果欠下孽债
请你关照养活

【**诗解**】本诗讲的是诗人初识情人，是“鸟石路遇”，“酒家阿妈撮合”的。藏人有俗语“情人如同鸟和石块在路上相遇”，是鸟落到哪块石块上全凭缘分的意思，与成语“萍水相逢”意思相近。“如果欠下孽债，请你关照养活！”后来，诗人果然因此欠下孽债，被康熙皇帝废黜六世达赖喇嘛尊号，丢了饭碗，还丢了性命。可谓一诗成谶。

知心话没告诉爹娘

知心话没告诉爹娘
全诉与知心的情侣
情侣的牡鹿多哩
私房话被情敌听去

【**诗解**】诗歌第三行所说的“牡鹿”指的是女子的众多追求者。诗人沉溺于世俗情意的羁绊中。对世人而言，怀疑和不善将带来烦恼。

心爱的意卓拉姆

心爱的意卓拉姆
是我猎人捕获的
却被显赫的君主
诺桑王抢去

【**诗解**】诗歌中的“拉姆”是仙女的意思。意卓拉姆是仙女名，意为“夺人心魄的仙女”。意卓拉姆、猎人和诺桑王是藏戏故事《诺桑王传》中的人物。“求不得苦”是人生八苦之一。芸芸众生，又有谁能得到自己喜爱的所有东西？

珍宝在自己手里

珍宝在自己手里
并不觉得稀奇
一旦归了人家
却又满腔怨气

【诗解】曾经拥有美好的事物，却觉得最寻常不过，没有珍惜，可等到失去后，又满是怨气。“身在福中不知福”，世间众生，都是这样。唯有认识到人生无常，才能得到解脱。

热恋着的情人

热恋着的情人
作了别人的妻
相思折磨得我
已经形销骨立

【**诗解**】热恋的情人嫁作他人妇，诗人饱受相思之苦，变得形销骨立。芸芸众生，很多人为情所困，心生烦恼，深受“求不得苦”的折磨。

情侣被人骗走

情侣被人骗走
应去打卦求签
美丽纯情的姑娘
常常在梦中浮现

【诗解】拥有时的欢乐，难以抵住失去时的痛苦，这是很多人的苦恼。失去令人懊悔，而对过往的留恋，往往使人将内心原有的快乐也失去了。

只要姑娘你在

只要姑娘你在
酒就不会喝完
少年我的希望
自然寄托在这里

【**诗解**】诗人“醉翁之意不在酒”，而在那个他深爱的姑娘。不光凡夫俗子有这种体验，活佛也有这种体验。

姑娘不是娘所生

姑娘不是娘所生
怕是桃树上长的？
为什么你的爱情
比桃花还易凋零？

【诗解】草木有荣有枯，情人有合有分。姑娘的情意比桃花还容易凋零，人生真是无常啊！

从小相爱的姑娘

从小相爱的姑娘
莫非狼的后裔?
与我相恋同居
还想逃回山里

【**诗解**】诗人从小与姑娘相恋，海誓山盟，如今却分开。曾有的心念和誓言都归于虚无。

野马跑到山上

野马跑到山上
可用套索捉住
情人一旦变心
神力也拿不住

【诗解】可以用绳索套住野马，却不能用神力拿住变心的情人。《金刚经》有言："过去心不可行，现在心不可得，未来心不可得。"过去的已然逝去，未来的仍然未生，现在的即在即灭，没有什么是不变的。所以，就是运用神力，也无法挽回变了心的情人。

砂石伙同风暴

砂石伙同风暴
乱了老鹰的羽毛
虚情假意的姑娘
叫我好不心焦

【诗解】狂风刮起砂石，也吹乱老鹰的羽毛；嗔痴扰乱人的心性。嗔心如火，令诗人心焦，饱受煎熬。

黄边黑心的云

黄边黑心的云
是霜雹的成因
非僧非俗的沙弥
是佛教的敌人

【诗解】诗歌第三行所说的“沙弥”是佛教中对年龄不足20岁，或其他初级出家男子的称呼。“本来无一物，何处惹尘埃？”受世俗尘埃影响的沙弥，修行不够，无法达到清静的境界。

上消下冻的地面

上消下冻的地面
不是跑马的地方
结识不久的情人
无法倾诉衷肠

【诗解】严冬过去了，春天尚未到来；冻土虽然开始融化，可只是表面一层，深处仍然冻着。表面化冻的地方不适合跑马呀，结识不久的情人不能交心。唯有看清表象，才能识得本心，见得本性。

十五皎洁的月亮

十五皎洁的月亮
和她的脸庞相像
月宫里的玉兔
寿命不会再长

【诗解】十五的月亮，多么皎洁，多么圆满。月亮有圆有缺，月宫里的玉兔也会随着月缺而消亡。法力无边的佛，却敌不过面如皎月的情人。心头总是浮现情人如月的面容，诗人感到自己不是坐在布达拉宫里，而是坐在月宫里。他已不是六世达赖喇嘛了，而是像情人皎洁面容的月亮里的玉兔。如此相思下去，“月宫里的玉兔”，哪还会有命?！必然命不长久了。

这个月去了

这个月去了
下个月来了
吉祥白月的上旬
就来拜望你了

【诗解】诗歌第三行中所说的“白月”，在印度太阴历法中，是指从新月到满月这十五天。分别的日子里，诗人盼望着日子早些过去，期待能与情人早日相逢。

中央的须弥山王呵

中央的须弥山王呵
请你坚定地耸立着!
日月围绕着你转
方向就不会迷失

【诗解】诗歌第一行提到的“须弥山”，佛经中说须弥山是世界最高的山，也是世界的中心，日月星辰都围绕着须弥山转。须弥山啊，你这诸山之王，一定要坚定耸立着，免得日月迷失了方向。人要摒除杂念，使心定于一处，才能明心见性，智慧通达。

初三的月儿弯

初三的月儿弯
银光若隐若显
希望你发个誓
像月儿那样圆

【诗解】初三的月光若隐若现，诗人希望情人的誓言要像满月那样圆。可月满是月缺的开始，誓言再圆满，如果不履行，那又有什么用呢？

具誓护法金刚

具誓护法金刚
坐在十地法界
你若有神通法力
请驱走佛教之敌

【诗解】诗歌中所说的“具誓护法”名叫单坚，又称“具誓金刚”、“善金刚居士”，是宁玛派三大根本护法之一，也是格鲁派密院的主要护法。属于世间相护法。诗歌第二行中提到的“十地法界”，是指菩萨修行所经的十地境界，分别是喜欢地、离垢地、发光地、焰慧地、极难胜地、现前地、远行地、不动地、善慧地和法云地。

杜鹃从门隅飞来

杜鹃从门隅飞来
带来春天的气息
我和情人相见
觉得身心愉悦

【诗解】诗歌第一行中提到的“门隅”是诗人的故乡。故乡的气息带给诗人心灵的慰藉。在追求人间的欢乐时，活佛和普通人没什么两样。但活佛从中感悟到了佛法的极乐。

对于无常和死

对于无常和死
若不常常观想
纵有盖世聪明
也和傻子一样

【诗解】失恋后的仓央嘉措情绪极度低落，他想到了死，弹响了自己生命的“死亡回响曲”。观想是宗教上的一种修行方法。观想能令人看透人世无常和生死。如果不常常观想，聪明人也是傻子。观想佛相庄严，从事修行，能消除妄念，进入正观。

无论虎狗豹狗

无论虎狗豹狗
养熟了它就不咬
家里的花斑母虎
熟了却更凶暴

【诗解】虎狗豹狗越养越驯熟，可花斑母虎越养越凶暴。诗人将女人比作“花斑母虎”，“唯女人与小人难养也”。人的心念真是难以揣测呀！

虽然肌肤相亲

虽然肌肤相亲
却不知情人真心
不如信手画画
能算出天上星星

【**诗解**】天边的星星再远，也能算出有几颗；肌肤相亲的情人再近，也难以猜透她的真心。人心难测啊！有人认为心是苦乐的根源，这种观点是正确的。

我和情人相会的地方

我和情人相会的地方
在南门巴的密林深处
除了巧嘴鹦鹉
谁也不曾得知
能言的鹦鹉啊
这秘密请不要泄露

【诗解】诗人与情人在密林深处相会，叮嘱巧嘴的鹦鹉不要泄露这个秘密。可情侣间的幸福哪能掩藏得住？诗人自己就忍不住说了出来。

拉萨的人群当中

拉萨的人群当中
琼结的人最纯洁
来会我的姑娘
家就住在那里

【诗解】诗歌第二行中所提到的“琼结”，是西藏的一个地名。琼结是山南重镇，吐蕃故都。西藏有“雅龙林木广，琼结人漂亮”的谚语。仓央嘉措的那个情人就是琼结人。

守门的老黄狗

守门的老黄狗
心比人还要灵
别说我夜里出去
天明才回

【诗解】诗人从情人家出来，踏着雪，回到布达拉宫的门口时，已像个雪人。守门的老黄狗见主人归来，欣喜地摇着尾巴，迎接晚出早归的主人。黄狗、鹦鹉都是仓央嘉措爱情的见证，分享着两个有情人的甜蜜。守门的老黄狗能保守秘密，可是人难呀！

夜里去会情人

夜里去会情人
清晨落满了雪
脚印留在雪上
保不保密一样

【诗解】入夜、月上东山时，仓央嘉措去会情人，想不到会是一个通宵。拂晓时分，仓央嘉措从情人家里出来，见已是大雪纷纷，他边走边自言自语："呵呵，这么大的雪，又拂晓了，这样走回去，脚印留在雪地上，不被人一眼就看出行踪了吗？难保密啊！"诗人的爱情见证除了鹦鹉、黄狗外，又多了白雪。可以想象，这个戴着留着辫子的发套以及漂亮尖顶帽子的少年，拂晓在大街上的雪地里行走，雪花扑满他的帽子、辫子、衣服。一行深深的脚印，像他美丽的诗行，带着温暖，从情人的家门口，一直延伸到庄严的布达拉宫。

住在布达拉宫时

住在布达拉宫时
叫持明仓央嘉措
流浪在拉萨街头
叫浪子当桑汪波

【诗解】诗歌第二行所说的“持明”是指密宗有造诣的僧人。诗人叮嘱情人，不要在布达拉宫时，将他当作浪子当桑汪波，走来和他接吻；当他走进拉萨民居时，不要将他当作活佛仓央嘉措，向他行礼膜拜。浪子当桑汪波，能决定自己做什么；活佛仓央嘉措，却要承受离经叛道的指责。佛前的一朵莲花，来寻凡尘的情缘。

温香软玉的姑娘

温香软玉的姑娘
被底缠绵拥抱
莫非假意虚情
骗我少年财宝？

【**诗解**】温香软玉的梦境与浮光掠影的享乐，都是诱惑，皆是迷障。怀疑情人虚情假意，嗔心顿起；当人嗔心生起，也就失了心性。

帽子戴在头上

帽子戴在头上
辫子甩在背后
一个说请慢坐
一个说请慢走
一个说心里又难过啦
一个说很快就能聚首

【诗解】 诗歌第三行所说的“慢坐”是西藏人告别时的客套话，意为留安。仓央嘉措戴上发套和帽子去会情人，相聚又别离。这首诗很生动，有动作，有对话。几笔白描，一幅生动的速写画就呈现在我们面前。诗人起身戴上帽子，甩甩辫子，一个活泼少年形象就跃然纸上。告别对话，短短数句，就使人如闻其声，如见其人。

相爱的两个人，不能长相厮守，相聚意味着别离，甜蜜伴随着哀伤。幸福是如此短暂，哀伤是如此绵长。可若是没有别离，怎能更突出相聚的美好呢？

洁白的仙鹤

洁白的仙鹤
请把双翅借我
不会远走高飞
只到理塘一转就回

【诗解】诗歌第四句所提到的“理塘”，是四川省甘孜藏族自治州的一个地名，今四川理塘县。“理塘”是藏语，有广阔的坝子有如铜镜的意思。仓央嘉措留下三首爱情绝命诗，本诗是其中的一首。

诗人希望自己死后能拥有洁白仙鹤一样的翅膀，可以自由飞翔。他告诉情人，自己不会飞远，只飞到理塘就会回来的。西藏各阶层的僧俗群众将这首诗视为仓央嘉措的预言，尤其是拉萨三大寺的上层喇嘛们，以这首诗为依据，到理塘寻找仓央嘉措的转世灵童，最终找到了七世达赖喇嘛格桑嘉措。

在那阴曹地府

在那阴曹地府
阎王有面业镜
人间是非不清
镜中善恶分明

【诗解】诗歌第二行所说的“业镜”是佛教用语，指的是诸天与地狱中照摄众生善恶业的镜子。“业”是佛教用语，指人世行为，有善业和恶业之分。佛教认为，人们的身、口、意的一切行为都将形成相应的结果。哪怕是一个很小的念头，都会得到其相应的结果，如微小的种子能长成参天大树。“业因果报，丝毫不爽。”

一箭射中目的

一箭射中目的
箭头钻进地里
一见当年情人
心就跟了她去

【诗解】恋爱中的人，将心思都放在情人身上，连魂儿都被情人带走了。如果能将用在情人身上的心思用在参悟佛法上，专心修行，调伏心性，也能达到宁静的境界。

印度东方的孔雀

印度东方的孔雀
工布谷底的鹦鹉
尽管生地不同
同在拉萨会晤

【诗解】诗歌第二行所说的“工布”，是西藏东部的林区，盛产鸣禽。印度的孔雀与工布的鹦鹉，虽然产地不同，却在拉萨相见。佛度有缘人，没有时间和空间的差异。

人家说我闲话

人家说我闲话
自认说得不差
少年的轻盈脚步
踏进了女店主家

【诗解】相传仓央嘉措曾夜会情人。“人家说我闲话，自认说得不差”，面对人们的指责，仓央嘉措只得承担过错，承认到女店主家里去过。世间之情，都在佛祖的护佑之下，情迷菩提，有时也是一种证悟。

柳树爱上小鸟

柳树爱上小鸟
小鸟爱上柳树
只要情投意合
鹞鹰无隙可入

【**诗解**】小鸟和柳树相爱，情投意合，鹞鹰都无法拆散它们。诗人将自己比作“柳树”，将情人比作“小鸟”，将第三者比作“鹞鹰”。诗人认为相爱的人，要是情意足够坚定，即便受到再大的诱惑，即便遭受再大的阻力，也不会迷失方向。

在这短短今生

在这短短今生
这样待我已足
不知来世年少
能否相逢如昨

【诗解】佛教认为，死亡并不意味着生命的结束，而是下一世轮回的重新开始。此生能在一起，已经知足，可希望下辈子仍能在一起。只有情意坚定，才能再续前缘。

那个巧嘴鹦哥

那个巧嘴鹦哥
请你闭住口舌
柳林的画眉姐姐
要唱动听的一曲

【诗解】鹦鹉能说会道，画眉歌声婉转。只有让能言的鹦鹉闭嘴，才能更好地听画眉的歌声。同样，修行也是如此。只有清除掉心灵的污垢，才能获得宁静的力量。

背后的凶恶妖龙

背后的凶恶妖龙
没有什么可怕
前边的香甜苹果
一定要摘到它

【**诗解**】诗歌第一行所提到的“龙”，在西藏传说中是一种有神通、能兴风作雨，也能害人的灵物。藏传佛教中的很多护法是相貌狰狞的，而这正是佛法力量与勇猛的象征。

第一最好不相见

第一最好不相见
如此便可不相恋
第二最好不相知
如此便可不相思

【诗解】这是首抒发相思之情的好诗。相见才相恋，相知才相思。若不是接触尘世，怎会生成种种贪念？没有深陷俗欲，就不会徒生这许多哀愁。还是六根未净啊！

不要说持明仓央嘉措

不要说持明仓央嘉措
去找情人去啦！
其实他想要的
和凡人没有两样

【诗解】活佛又如何？和凡人也没什么两样，想要和情人长相厮守。情迷菩提，也是一种很好的证悟，以心证诗，以情证佛。

美丽的小杜鹃

美丽的小杜鹃
落在香柏树梢
什么也不必多讲
一句动听的就好

【诗解】诗歌第一行提到的“杜鹃”，又叫杜宇、子规、催归。它总是朝着北方鸣叫，六、七月鸣叫声更甚，昼夜不止，发出的声音极为哀切，所以叫杜鹃啼归。动心的话不必多说，一句就够了。这首诗应了佛教修行中的“无语戒”。

桑耶的白色雄鸡

桑耶的白色雄鸡
请不要过早啼叫
我和相好的情人
心里话还没有谈了

【诗解】欢会苦短，桑耶寺的雄鸡，请不要过早地报晨，“我”和情人还有很多话未说完。这首诗写出了恋人的嗔痴状和世人的烦恼相。

一杯没醉

一杯没醉
一杯还没醉
少年的情人劝酒
一杯便酩酊大醉

【诗解】“酒不醉人人自醉。”情人劝我喝的酒，只要一杯就醉了；交心的人不多，但只要有一个真正懂自己的，就足够了。

在那众人之中

在那众人之中
莫露我俩秘密
只要心中深情
请用眉目传递

【诗解】心中若是有情，无须言语，一个眼神便胜过了千言万语。有时，我们心灵获得顿悟，靠的是心有灵犀。

你是金铜佛身

你是金铜佛身
我是泥塑神像
虽在一个佛堂
我俩却不一样

【诗解】仓央嘉措如此率真，他对端坐莲台的佛主大胆坦诚：你我虽在同一个佛堂，可我俩不一样。佛说，众生平等。所以，无论是金铜做的，还是泥塑的，都处于一个佛堂里。

请看我消瘦的面容

请看我消瘦的面容
是相思致我生病
已经瘦骨嶙峋
请一百个医生也无用

【诗解】情人的离去，致使仓央嘉措相思成病，瘦骨嶙峋，医生无用。心病还须心药医，修心才是良药呀！

热恋的时候

热恋的时候
情话不要说完
口渴的时候
池水不要喝干
一旦事情有变
那时后悔已晚

【诗解】情到深处时，肺腑之言不要讲完；口干舌燥时，池里的水不要喝干。因为事情有变，后悔就晚了。人生无常，凡事不要做得太满。留有余地，唯有如此，才能应对变幻莫测的世事。

在那柳林深处

在那柳林深处，
我俩互诉衷肠。
除了画眉鸟儿，
没有别人知道。

【诗解】柳林深处，画眉鸟见证了有情人的爱情，它是无心的。人却不同，得知了有情人的爱情，就将有情人拆散了，他们是有心的。

花儿开了会落

花儿开了会落，
情侣好了变老。
我与那金色小蜂，
从此不再相好。

【**诗解**】花开得再茂盛，也有凋零的那天；情缘结得再深，也有变浅的那天。有情人散开了，从此不再相好。世事无常，还是随缘吧。

心意难定的人儿

心意难定的人儿，
就像那凋谢的残红。
看起来千娇百媚，
心里面无法受用。

【**诗解**】心意难定的人，看似如凋谢的残花般千娇百媚，却不如凋谢的残花。世事变化无常，终会成空，心意也难以永恒。

我与那俊俏的恋人啊

我与那俊俏的恋人啊，
情深深意绵绵。
眼看要进山修行，
行期却延了又延。

【诗解】诗人与恋人情意绵绵，为了和恋人厮守，将进山修行的期限一拖再拖。一晌贪欢，忍将浮名换了浅斟低唱。世俗的欢娱，有时会令人迷失本心。

骏马起步得太早

骏马起步得太早，
缰绳拢得晚了。
情人间没有缘分，
知心话说得早了。

【诗解】情人间的情话说完了，缘分也尽了。世事无常，谁能预料？

向着那白鹫山

向着那白鹫山，
一步一步攀登。
雪山融化的水儿，
池塘中与我相逢。

【诗解】攀登的路上，你无法预知哪朵水花与你相逢；修行的路上，也无法预知会遇到何种风景。可那又如何？就奔着终极目标，一步步攀登好了。

一百棵树木里

一百棵树木里，
选中了这棵柳。
年轻的我哪知道，
树心早已腐朽。

【**诗解**】千挑万选，好不容易选中一棵柳树，却是棵烂心的柳树。古训有云：“有心栽花花不成，无心插柳柳成荫。”这是因为，在栽花时动了心机，在插柳时采取了无心而为的态度呀。

河水缓缓地流

河水缓缓地流，
是叫那鱼儿放松。
鱼儿的心放下了，
才能在欢喜里悠哉。

【诗解】再清澈的水，经过摇晃，也变得不清澈了；再浑浊的水，经过沉淀，也变得清澈了。我们的心何尝不是如此？不停摇晃，只会混沌不堪，唯有经过沉淀，才能看出喜乐。

山上的草坝黄了

山上的草坝黄了，
山下的树叶枯了。
杜鹃你若是燕子，
飞向那门隅可好？

【诗解】时光飞逝，秋天来临，草木荣枯。世事变幻，唯一不变的是对故乡的眷恋。

会说话的鹦鹉

会说话的鹦鹉，
从工布飞到这儿。
我那心上的人啊，
是否吉祥安康？

【诗解】王国维说：“以我观物，故物皆著我之色彩。”诗歌中的鹦鹉未必来自工布，但因为寄托着诗人对心上人的牵挂和问候，它便是来自工布了。

离开你的时候

离开你的时候，
我送你多情的秋波。
请你用明媚的笑靨，
永远好好地对我。

【诗解】你若知我深情，请同样待我。这首诗流露出恋人的痴嗔。或许，当爱转变成欲，才会计较各自付出的多少吧？

翠绿的布谷儿

翠绿的布谷儿，
几时会去门隅？
给我美丽的姑娘，
捎去三次问候。

【诗解】诗人想念故乡门隅，也想念身在门隅的情人。可故乡和情人在千里之外，诗人只好请布谷鸟捎去问候。这与李商隐的“蓬山此去无多路，青鸟殷勤为探看”有着异曲同工之妙。

东方的工布巴拉

东方的工布巴拉，
再高我也不怕。
心随着牵挂的情人，
跟着那骏马飞奔。

【诗解】爱是强大的，能促使人飞渡关山，跨越险阻。爱是柔软的，能使人意乱情迷，无所适从。

以贪嗔之心积攒

以贪嗔之心积攒，
尘世间虚妄的财物。
自遇到情人之后，
欲望的结儿开散。

【诗解】贪婪和虚荣能让人失去本心。将对外物的追求转为对内心的探求，人内心深处欲望的死结就能不解自开吧！

我与红嘴乌鸦

我与红嘴乌鸦，
没事却兴起风波。
你与鹞子鹰隼，
有事却无人敢说。

【诗解】他人对你做出何种评价，很大程度上受到你身份的影响，即你是谁。如果去掉名利、身份、荣誉等外部因素，你在他人眼中又会是什么样子呢？

河水虽然很深

河水虽然很深，
也能捕到鱼儿。
情人心口不一，
让人实难捉摸。

【**诗解**】河水再深，也能捕到鱼；情人心口不一，难以捉摸。人们常说，天可度，海可量，最难捉摸的是人心。

黑业白业的种子

黑业白业的种子，
哪怕是悄悄地种下。
果实却难以隐藏，
它正在慢慢成熟。

【诗解】佛教认为种什么因，结什么果报。“业”表现于人的心思、言语和行动中，不会随这辈子生命的终了而结束。这就有如果实的长成，开始时并不显露出来，待到时机到来时，才会显露出来。

风　啊

风啊，
你从哪里吹来？
风啊，
是从家乡吹来。
那青梅竹马的恋人啊，
可曾把她带来？

【**诗解**】诗歌运用了移情法，将情感映射到外物上。诗人想念恋人，想让风为自己带来恋人的音讯。

在那西山顶上

在那西山顶上，
朵朵白云飘荡。
可是那意增旺姆，
在为我燃起神香？

【诗解】西藏人认为万物皆有灵。西藏人认为每座山都有个神灵，具有决定人类命运的法力。因此，西藏人喜欢转山，认为转山可以帮助自己积累功德、消除罪业。

水和乳相融了

水和乳相融了，
金龟也能辨别。
我和恋人相融了，
有谁能够分别？

【**诗解**】水乳相融，无法辨别；我和恋人感情深厚，你中有我，我中有你，谁又能将我俩分开？

我心如洁白的哈达

我心如洁白的哈达，
那样的纯朴无瑕。
你心里可有图案，
一切任由你来画。

【诗解】哈达是蒙古族和藏族人民作为礼仪用的丝织品，是社交活动中的必备品，多为白色、蓝色、黄色等。西藏人崇拜白色，白色哈达就是一种表现。白色哈达象征着无瑕的情感和灵魂。诗人的心有如白色的哈达，任由情人来描画。这首诗体现了空即是色的禅理。

我的心对你就像密集的云

我的心对你就像密集的云，
一片依恋与真诚。
你的心对我就像无情的风，
一再将云朵吹送。

【诗解】我对你如密集的云，你对我像无情的风。一个人赤诚似火，另一个人却冷若冰霜。两颗心有比较，就有了情深情浅。怨憎会使人苦恼。

蜂儿来得太早了

蜂儿来得太早了，
花儿开得太迟了。
缘浅的情人啊，
相逢得太晚了。

【诗解】蜜蜂来时，花还没开；情深又如何？耐不住缘浅！这首诗反映出了“爱别离苦”。

如果穿上黄袈裟

如果穿上黄袈裟，
就能成个佛了，
湖上的野黄鸭，
也能普度众生了？

【诗解】穿黄袈裟的并非都是真佛，看待事物时，不要被表象所迷惑。

江河宽阔的忧虑

江河宽阔的忧虑，
船夫为你消去。
情人逝去的悲哀，
谁人为你排解？

【诗解】江河那般宽阔，船夫也能帮人到江河对岸去。外界的困扰能消除，内心的忧虑无人能解。外界满足了未必就能真的快乐，真正的快乐要向内心寻求。

一心向往的地方

一心向往的地方，
毛驴比马还要快。
马儿还在备着鞍，
毛驴已经上了山。

【诗解】心有所求，毛驴就能跑得比马还快。能否得到心中追求的东西，不在外在条件，而在心中意念。唯有心无旁骛，才能所向无敌。

金黄蜂儿的心里

金黄蜂儿的心里，
到底在怎么想？
而那青苗的心里，
只盼着甘霖普降。

【诗解】黄蜂想着花儿，青苗盼着甘霖。人呢，心里到底祈求着什么呢？

故乡在远方

故乡在远方，
双亲在远方，
一切都不用悲伤。
情人就像母亲，
像母亲般的情人啊，
总会来到你的身旁。

【诗解】故乡和双亲都在远方，诗人满是乡愁。情人是温柔的，带给诗人慰藉。真正的幸福是什么？真正的幸福是灵魂安定。

矮矮的桃树枝上

矮矮的桃树枝上，
缀满灿烂的桃花。
请对我许个诺吧，
快快结出果儿。

【诗解】诗歌用了起兴手法，先说低矮的桃树上缀满灿烂的桃花，引出诗人期望情人许下诺言。可有花就有果，有了诺言就有了保障吗？

媚眼恰似弯弓

媚眼恰似弯弓，
情意犹如利箭，
一下就射进了呀，
小伙儿的心间。

【诗解】这是一首情诗。情人用一个眼神或一个表情，就能牢牢地拴住诗人的心。这也是一首修行诗。因为“明心见性，立地成佛”。

在那山的右边

在那山的右边，
采来无数矍麦。
为的是要洗净，
对我和姑娘的疑猜。

【**诗解**】诗歌第二行所提到的“矍麦”，是石竹科石竹属植物，多年生草本植物，我国的分布范围很广。无论怎么掩饰或解释，都无法消除人心的猜疑。

马头在木船张望

马头在木船张望，
旗幡在迎风飘扬。
情人啊不要忧伤，
命定的缘分尽了。

【诗解】马头向后张望，旗幡迎风飘扬。本是无情之物，可“马头”和“旗幡”也仿佛有情。情人啊，你不要因为两人的缘分尽了而忧伤。要忘记一段真挚的情感，又岂会容易？还是随缘吧。

从东山上来时

从东山上来时，
还以为是只鹿，
到西山上一望，
是只跛脚的黄羊。

【诗解】从东山看时，以为是只鹿；到西山看时，才发觉是只跛脚的黄羊。其实，透过小鹿和黄羊这些表象，这首诗谈论的还是修行。修行者只有超越自身局限性，摒弃幻觉，才能看清事物的本质，洞悉佛法的真相。

在那山有神鸟松鸡

在那山有神鸟松鸡，
在这山有小鸟画眉。
隔着这重重的阻碍，
命定的缘分尽了。

【诗解】在重重的阻碍下，松鸡和画眉的缘分尽了。修行者会面对种种诱惑，无法抵御这些诱惑，修行者就会失去本心。

不要像牵着骏马似的

不要像牵着骏马似的，
紧拉着对我的情分。
要像对那羔羊儿，
任它自由放养。

【诗解】对喜爱的人或事物，抓得越紧，就越容易失去。有一定的自由空间，才能拥有爱情。其实，人时时刻刻都在失去。失去，有时是最好的得到。

白天看美丽无比

白天看美丽无比，
夜晚里芳香袭人。
我心爱的人儿啊，
比鲁顶花儿美丽。

【诗解】诗歌第四行所说的“鲁顶”是拉萨哲蚌寺附近的园林。诗人横看竖看，欣赏着眼前的情人，赞美情人“白天看美丽无比，夜晚里芳香袭人”，认为情人“比鲁顶花儿美丽”。“哲蚌寺”是西藏黄教的三大寺之首。诗人有意将情人的美貌、肌香与鲁顶花对比，传达出他对清规戒律繁多的黄教的不屑，也体现出他是个心灵活泼的少年。

江水向下流淌

江水向下流淌，
总会到工布去。
报春的杜鹃啊，
心中不用悲戚。

【诗解】“一江春水向东流。”世间万物，皆有法则，随性随缘就好。懂得了这些，心里就无须悲戚了。

白色睡莲的光辉

白色睡莲的光辉，
照着大千世界。
莲花开在茎上，
莲蓬长在一旁。
只有我鹦鹉哥哥，
陪在你的身旁。

【**诗解**】佛法无边，普照众生。不用担心，不用妄自菲薄，你不会被忽略，也不会被遗忘。我会陪在你身旁，用慈悲心护佑你。

向上师求法问道

向上师求法问道，
他定会欣然赐教。
青梅竹马的姑娘，
从不将真话儿讲。

【诗解】求法问道时，上师欣然赐教，但青梅竹马的姑娘未必讲真话。迷乱中人看不到真相，见性才能成佛。

核桃可以砸着吃

核桃可以砸着吃，
桃子可以咬着吃。
没有成熟的苹果，
却酸掉了牙齿。

【诗解】对待成熟的果实，总会有办法的。可是那些半生不熟的苹果，能够酸掉人的牙齿，总让人感到无奈。修行也是如此，那些半僧半俗、似懂非懂的修行者是最让人觉得可怕的。

于道泉译本　最经典的白话译本

于道泉（1901—1992），著名教育家于明信先生的长子。藏学家、语言学家、教育家。他自小笃学，掌握了13种语言，藏语是其中之一。20多岁时，由印度诗人泰戈尔推荐，在北京大学担任俄国东方文学博士钢和泰的随堂翻译，并教授梵文和印度古宗教史。1930年，于道泉在《康导月刊》上发表《六世达赖仓央嘉措情歌》，被奉为仓央嘉措情诗最权威也最经典的白话译本。

1

从东边的山尖上，
白亮的月儿出来了。
“未生娘”[①]的脸儿，
在心中已渐渐地显现。

2

去年种下的幼苗
今岁已成禾束；
青年老后的体躯，
比南方的弓[②]还要弯。

3

自己的意中人儿，
若能成终身的伴侣，
犹如从大海底中，
得到一件珍宝。

4

邂逅相遇的情人，
是肌肤皆香的女子，

① “未生娘”系直译藏文之 ma-skyes-a-ma 一词，为“少女”之意。
② 制弓所用之竹，乃来自南方不丹等地。

犹如拾了一块白光的松石[①]，
却又随手抛弃了。

5

伟人大官的女儿，
若打量伊美丽的面貌，
就如同高树的尖儿，
有一个熟透的果儿。

6

自从看上了那人，
夜间睡思断了。
因日间未得到手，
想得精神累了吧！

7

花开的时节已过，
“松石蜂儿”[②]并未伤心，
同爱人的因缘尽时，
我也不必伤心。

---

①“松石”乃是藏族人民最喜欢的一种宝石，好的价值数千元。在西藏有好多人相信最好的松石有避邪护身的功用。

② 据藏族人民说西藏有两种蜜蜂，一种黄色的叫作黄金蜂 gser-sbarng，一种蓝色的叫作松石蜂 gyu-sbrang。

8

草头上严霜的任务[①]，
是作寒风的使者。
鲜花和蜂儿拆散的，
一定就是"它"啊。

9

野鹅同芦苇发生了感情，
虽想少住一会儿。
湖面被冰层盖了以后，
自己的心中乃失望。

10

渡船[②]虽没有心，
马头却向后看我；
没有信义的爱人，
已不回头看我。

---

① 这一句意义不甚明了，原文中 Rtsi-thog 一字乃达斯氏《藏英字典》中所无。在库伦印行的一本《藏蒙字典》中有 rtstog 一字，译作蒙文 tuemuesue（禾）。按 thog 与 tos 本可通用，故 rtsi-tog 或即 rtsithog 的另一拼法。但是将 rtsithog 解作"禾"字，这一行的意义还是不明。最后我将 rtsi 字当作 rtswahi 字的误写，将 kha 字当作 khag 字的误写，乃勉强译出。这样办好像有点过于大胆，不过我还没有别的办法能使这一行讲得通。

② 在西藏的船普遍有两种：一种叫作 ko-ba 的皮作的，只顺流下行时用。因为船身很轻，到了下游后撑船的可以走上岸去，将船背在背上走到上游再载着客或货往下游航行。另一种叫作 gru-shan 是木头作的，专作摆渡用。这样的摆渡船普遍都在船头上安一个木刻的马头，马头都是安作向后看的样子。

11

我和市上的女子
用三字作的同心结儿，
没用解锥去解，
在地上自己开了。

12

从小爱人的“福幡”[1]
竖在柳树的一边，
看柳树的阿哥自己，
请不要“向上”抛石头。

13

写成的黑色字迹，
已被水和“雨滴”消灭；
未曾写出的心迹，
虽要拭去也无从。

14

嵌的黑色的印章，
话是不会说的。
请将信义的印儿，
嵌在各人的心上。

---

① 在西藏各处的屋顶和树梢上边都竖着许多印有梵、藏文咒语的布幡，叫作 rlung-bskyed 或 dar-lcog。藏族人民以为可以借此祈福。

15

有力的蜀葵花儿，
“你”若去作供佛的物品，
也将我年幼的松石峰儿，
带到佛堂里去。

16

我的意中人儿①
若是要去学佛，
我少年也不留在这里，
要到山洞中去了。

17

我往有道的喇嘛面前，
求他指我一条明路。
只因不能回心转意，
又失足到爱人那里去了。

18

我默想喇嘛底脸儿，
心中却不能显现；
我不想爱人底脸儿，
心中却清楚地看见。

① 达斯本作“意中的女子”。

19

若以这样的“精诚”，
用在无上的佛法，
即在今生今世，
便可肉身成佛。

20

洁净的水晶山上的雪水，
铃荡子①上的露水，
加上甘露药的酵“所酿成的美酒”，
智慧天女②当垆。
若用圣洁的誓约去喝，
即可不遭灾难。

21

当时来运转的际〔机〕会，
我竖上了祈福的宝幡。
就有一位名门的才女。

---

①“铃荡子”藏文为 klu-bdud-rde-rje，因为还未能找到它的学名，或英文名，所以不知道是什么样的一种植物。

②“智慧天女”原文为 Ye-shes-mkhah-hgro。乃 Ye-shes-kyi-mkhah-hgro-ma 之略。Ye-shes 意为“智慧”。mkhah-hgro-ma 直译为“空行女”。此处为迁就语气故译作“智慧天女”。按 mkhah-hgro-ma 一词在藏文书中都用它译梵文之 dakini 一字，而 dakini 在汉文佛经中译音作“厂茶吉泥”，乃是能盗食人心的夜叉鬼。（参看丁氏《佛学大辞典》1892 页中）而在西藏传说中“空行女”即多半是绝世美人。在西藏故事中常有“空行女”同世人结婚的事，和汉族故事中的狐仙颇有点相似。普通藏族人民常将“空行女”与“救度母”（sgrol-ma）相混。

请我到伊家去赴宴。[1]

22

我向露了白齿微笑的女子们的[2]
座位间普遍地看了一眼，
一人羞涩的目光流转时，
从眼角间射到我少年的脸上。

23

因为心中热烈的爱慕，
问伊是否愿作我的亲密的伴侣？
伊说：若非死别，
决不生离。

24

若要随彼女的心意，
今生与佛法的缘分断绝了；
若要往空寂的山岭间去云游，
就把彼女的心愿违背了。

25

公（工）布少年的心情，
好似拿在网里的蜂儿。

---

① 这一节乃是极言宝幡效验之速。

② 在这一句中藏文有 lpags-pa（皮）字颇觉无从索解。

同我作了三日的宿伴，
又想起未来与佛法了。[①]

26

终身伴侣啊，我一想到你，
若没有信义和羞耻，
头髻上带的松石，
是不会说话的啊！[②]

27

你露出白齿儿微笑，
是正在诱惑我呀？
心中是否有热情，
请发一个誓儿！

28

情人邂逅相遇，[③]
被当垆的女子撮合。
若出了是非或债务，
你须担负他们的生活费啊！

---

① 这一节是一位女子讥讽伊的爱人工布少年的话，将拿在网里的蜂儿之各处乱撞，比工布少年因理欲之争而发生的不安的心情。公（工）布 kong-po 乃西藏地名，在拉萨东南。

② 这一节是说女子若不贞，男子无从监督，因为能同女子到处去的，只有伊头上戴的松石。

③ 这一句乃是藏人常说的一句成语，直译当作“情人犹如鸟同石块在路上相遇”；意思是说鸟落在某一块石头上，不是山鸟的计划，乃系天缘。以此比情人的相遇全系天缘。

29

心腹话不向父母说，
却在爱人面前说了。
从爱人的许多牡鹿[①]之间，
秘密的话被仇人听去了。

30

情人艺桌拉茉[②]，
虽是被我猎人捉住的。
却被大力的长官
讷桑嘉鲁夺去了。[③]

31

宝贝在手里的时候，
不拿它当宝贝看；
宝贝丢了的时候，
却又急的心气上涌。

32

爱我的爱人儿，
被别人娶去了。
心中积思成痨，

---

① 此处的牡鹿，系指女子的许多“追逐者”。

② 此名意译当作“夺人心神的仙女”。

③ 有一个故事藏在这一节里边，但是讲这个故事的书在北平打不到，我所认识的藏族人士又都不知道这个故事，所以不能将故事中的情节告诉读者。

身上的肉都消瘦了。

33

情人被人偷去了，
我须求签问卜去罢。
那天真烂漫的女子，
使我梦寐不忘。

34

若当垆的女子不死[①]，
酒是喝不尽的。
我少年寄身之所，
的确可以在这里。

35

彼女不是母亲生的，
是桃树上长的罢！
伊对一人的爱情，
比桃花凋谢得还快呢！

36

我自小相识的爱人，
莫非是与狼同类？

---

① 西藏的酒家多系娼家，当垆女多兼操神女生涯，或撮合痴男怨女使在酒家相会。可参看第 26 节。

狼虽有成堆的肉和皮给它，
还是预备住在上面。[①]

37

野马往山上跑，
可用陷阱或绳索捉住；
爱人起了反抗，
用神通力也捉拿不住。

38

躁急和暴怒联合，
将鹰的羽毛弄乱了；
诡诈和忧虑的心思，
将我弄憔悴了。

39

黄边黑心的浓云，
是严霜和灾雹的张本；
非僧非俗的班第[②]，
是我佛教法的仇敌。

---

① 这一节是一个男子以自己的财力不能买得一个女子永久的爱，怨恨女子的话。

② 藏文为 ban-dhe。据叶式客（Yaschke）的《藏英字典》的二义：（1）佛教僧人，（2）本波 pon-po 教出家人。按“本波教”为西藏原始宗教，和内地的道教极相似。在西藏常和佛教互相排斥。此处 ban-dhe 似系作第二义解。

40

表面化水的冰地，
不是骑牡马的地方；
秘密爱人的面前，
不是谈心的地方。

41

初六和十五日的明月①，
到（倒）是有些相似；
明月中的兔儿，
寿命却消磨尽了。②

42

这月去了，
下月来了。
等到吉祥白月的月初③，
我们即可会面。④

---

① 这一句藏文原文中有 tshes-hen 一字为达斯氏字典中所无。但此字为达斯氏字典中所无。但此字显然是翻译梵文 mahatithi 一字。据威廉斯氏《梵英字典》796 页谓系阴历初六日。

② 这一节的意义不甚明了。据我看，若将这一节的第 1、2 两行和第 42 节的第 1、2 两行交换地位，这两节的意思，好像都要略为通顺一点。据一位西藏友人说这一节中的明月是比为政的君子，兔儿是比君子所嬖幸的小人。

③ 印度历法自月盈至满月谓之“白月”。见丁氏《佛学大辞典》904 页下。

④ 这一节据说是男女相约之词。

43

中间的弥卢山王[1]，
请牢稳地站着不动。
日月旋转的方向，
并没有想要走错。

44

初三的明月发白，
它已尽了发白的能事，
请你对我发一个
和十五日的夜色一样的誓约。[2]

45

住在十地[3]界中的
有誓约的金刚护法，
若有神通的威力，
请将佛法的冤家驱逐。

---

① “弥卢山王”藏文为 ri-rgyal-lhun-po。ri-rgyal 意为“山王”，lxunpo 意为“积”，乃译梵文之 Meru 一字。按 Meru 普通多称作 Sumeru，汉文佛化中译意为“善积”，译音有“须弥山”“修迷楼”“苏迷卢”等，但世人熟知的，只有“须弥山”一句。在西藏普通称此已为 ri-rab。古代印度人以为须弥山是世界的中心，日月星辰都绕着它转。这样的思想虽也曾传入我国内地，却不像在西藏那样普遍。在西藏没有一个不知道 ri-rab 这个名字。

② 这一节意义不甚明了。

③ 菩萨修行时所经的境界有十地：(1)喜欢地(2)离垢地(3)发光地(4)焰慧地(5)极难胜地(6)现前地(7)远行地(8)不动地(9)善慧地(10)法云地。见丁氏《佛学大辞典》225 页中。护法亦系菩萨化身，故亦在十地界中。

46

杜鹃从寞地来时，
适时的地气也来了；
我同爱人相会后，
身心都舒畅了。

47

若不常想到无常和死。
虽有绝顶的聪明，
照理说也和呆子一样。

48

不论虎狗豹狗，
用香美的食物喂它就熟了；
家中多毛的母老虎，[①]
熟了以后却变的更要凶恶。

49

虽软玉似的身儿已抱惯，
却不能测知爱人心情的深浅。
只在地上画几个图形，
天上的星度却已算准。

---

① 指家中悍妇。

50

我同爱人相会的地方，
是在南方山峡黑林中，
除去会说话的鹦鹉以外，
不论谁都不知道。
会说话的鹦鹉请了，
请不要到十字路上去多话！[①]

51

在拉萨拥挤的人群中，
琼结[②]人的模样俊秀。
要来我这里的爱人，
是一位琼结人哪！

52

有腮胡的老黄狗，
心比人都伶俐。
不要告诉人我薄暮出去
不要告诉人我破晓回来。

---

① 这一句在达斯本中作“不要泄露秘密”。

② 据贝尔氏说西藏人都以为若是这位达赖喇嘛娶了他那从琼结来的爱人，他的子孙一定要强大起来，使中国不能统治，所以中国政府乃早把他去掉了。(《西藏之过去及现在》39页。按：贝尔著作中有很错误的言论，读者要注意。)据贝尔氏说琼结 Chung-rgyal 乃第五代达赖生地，但是他却没有说是在什么地方。据藏族学者说是在拉萨东南，约有两天的路程。我以为它或者就是 hphyong-rgyas（达斯氏字典 852 页），因为这两字在拉萨方言中读音是相似的。

53

薄暮出去寻找爱人，

破晓下了雪了。

住在布达拉时，

是瑞晋仓央嘉措。

54

在拉萨下面住时，

是浪子宕桑汪波，

秘密也无用了，

足迹已印在了雪上。①

55

被中软玉似的人儿，

是我天真烂漫的情人。

你是否用假情假意，

要骗我少年财宝？

56

将帽子戴在头上，

将发辫抛在背后。

---

① 当仓央嘉措为第六代达赖时在布达拉宫正门旁边又开了一个旁门，将旁门的钥匙自己带。等到晚上守门的把正门锁了以后，他就戴上假发，扮作在家人的模样从旁出去，到拉萨民间，改名叫作宕桑汪波，去过他的花天酒地的生活。待破晓即回去将旁门锁好，将假发卸去，躺在床上装作老实人。这样好久，未被他人识破；有一次在破晓未回去以前下了大雪，回去时将足迹印在雪上。宫中的侍者早起后见有足迹从旁门直到仓央嘉措的卧室，疑有贼人进去。以后根究足迹的来源，直找到荡妇的家中；又细看足迹乃是仓央嘉措自己的。乃恍然大悟。从此这件秘密被人知道了。

她说："请慢慢地走[①]！"
他说："请慢慢地住。"
她问："你心中是否悲伤？"
他说："不久就要相会！"[②]

57

白色的野鹤啊，
请将飞的本领借我一用。
我不到远处去耽搁，
到理塘去一遭就回来。[③]

58

死后地狱界中的，
法王[④]有善恶业的镜子，[⑤]
在这里虽没有准则，
在那里须要报应不爽，[⑥]

---

①"慢慢地走"和"慢慢地住"乃藏族人民离别时一种通常套语，犹如汉人之"再见"。

②这一节据说是仓央嘉措预言他要被拉藏汗掳去的事。

③据说这一节是仓央嘉措预言他要在理塘转生的话。藏族朋友还告诉了我一个故事，也是这位达赖要在理塘转生为第七代达赖的预言。现在写它出来。据说仓央嘉措去世以后，西藏人民急于要知道他到哪里去转生，先到箭头寺去向那里的护法神请示，不得要领。乃又到噶玛沙（skar-ma-shangi）去请示。那里的护法神附人身以后，只拿出了一面铜锣来敲一下。当时人都不明白这是什么意思，等到达赖在理塘转生的消息传来以后，乃都恍然大悟。原来作响锣的铜藏文作li（理）若把锣一敲就发thang（塘）的一声响，这不是明明白白地说达赖在要理塘转生么！

④"法王"有三义：（1）佛为法王；（2）护持佛法之国王为法王；（3）阎罗为法王。（见达斯氏字典430页）。此处系指阎罗。

⑤"善恶业镜"乃冥界写取众生善恶业的镜子。（可参看丁氏《佛学大辞典》2348页上。）

⑥这一节是仓央嘉措向阎罗说的话。

让他们得胜啊！[①]

59

卦箭中鹄的以后，[②]
箭头钻到地里去了；
我同爱人相会以后，
心又跟着伊去了。

60

印度东方的孔雀，
公（工）布谷底的鹦鹉，
生地各各不同，
聚处在法轮拉萨。[③]

61

人们说我的话，[④]
我心中承认是对的。
我少年琐碎的脚步，
曾到女店东家里去过。

---

① “让他们得胜啊” 原文为 dsa-yantu 乃是一个梵文字。藏文字在卷终常有此字。

② 系用射以占卜吉凶的箭。

③ “法轮” 乃拉萨别号，犹如以前的北京称为 “首善之区”。

④ 据说这一节是仓央嘉措的秘密被人知晓了以后，有许多人背地里议论他，他听到以后暗中承认的话。

62

柳树爱上了小鸟，
小鸟爱上了柳树。
若两人爱情和谐，
鹰即无隙可乘。

63

在极短的今生之中，
邀得了这些宠幸；
在来生童年的时候，
看是否能再相逢。

64

会说话的鹦鹉儿，
请你不要作声。
柳林里的画眉姐姐，
要唱一曲好听的调儿。

65

后面凶恶的龙魔①，
不论怎样厉害；
前面树上的苹果，
我必须摘一个吃。②

66

第一最好是不相见，
如此便可不至相恋；
第二最好是不相识，
如此便可不用相思。③

---

① 龙在西藏传说中有两种：一种叫作 klu，读作“卢”，是有神通，能兴云作雨，也能害人的灵物。一种叫作 hbrug，读作“朱”，是夏出冬伏，只能随同 klu 行雨，无甚本领，而也于人无害的一种动物。藏族人民通常都以为下雨时的雷声即系 hbrug 的鸣声，所以“雷”在藏文中叫作 hbrug-skad。klu 常住在水中，或树上。若住在水中，他的附近就常有上半身作女子身等等的怪鱼出现。若是有人误在他的住处捕鱼，或抛弃不干净的东西，他就使那人生病。他若在树上住时，永远是住在女树（mo-Shing）上。依西藏传说，树也分男女，凡结鲜艳的果子的树是女树。因为他有神通，所以他住在树上时我们的肉眼看不见他。不过若是树上住着一个 klu，人只可拾取落在地下的果子，若是摘树上的果子吃，就得风湿等病，所以风湿在藏文中叫 klu 病（Klu-nad）。

②这一节是荡子的话。枝上的苹果是指荡了意中的女了。后面的毒龙是指女了家中的父亲或丈夫。

③ 这一节据藏族学者说应该放在 29 节以后。

曾缄译本　最经典的古体译本

曾缄（1892—1968），四川人。1917年毕业于北京大学中文系，受教于黄侃。对古文学和诗词都有很深的造诣。北大毕业后，到蒙藏委员会任职，在此期间，他从民间流传的情歌中搜集、整理并翻译了《六世达赖仓央嘉措情歌》。并于1939年发表在《康导月刊》上，这是曾缄的传世名作，也是仓央嘉措情歌最经典的古体译本。

其一

心头影事幻重重，化作佳人绝代容，
恰似东山山上月，轻轻走出最高峰。[①]

其二

转眼苑枯便不同，昔日芳草化飞蓬，
饶君老去形骸在，弯似南方竹节弓。[②]

其三

意外娉婷忽见知，结成鸳侣慰相思，
此身似历茫茫海，一颗骊珠乍得时。

其四

邂逅谁家一女郎，玉肌兰气郁芳香，
可怜璀璨松精石，不遇知音在路旁。[③]

其五

名门娇女态翩翩，阅尽倾城觉汝贤，
比似园林多少树，枝头一果娉鲊妍。[④]

---

① 此言倩影之来心上，如明月之出东山。

② 藏南、布丹等地产良弓，以竹为之。

③ 松石，藏人所佩，示可辟邪，为宝石之一种。

④ 以枝头果状伊人之美，颇为别致。

其六

一自销魂那壁厢，至今寤寐不能忘，
当时交臂还相失，此后思君空断肠。

其七

我与伊人本一家，情缘虽尽莫咨嗟，
清明过了春归去，几见狂蜂恋落花。

其八

青女欲来天气凉，蒹葭和露晚苍苍，
黄蜂散尽花飞尽，怨杀无情一夜霜。[①]

其九

飞来野鹜恋丛芦，能向芦中小住无，
一事寒心留不得，层冰吹冻满平湖。

其十

莫道无情渡口舟，舟中木马解回头，
不知负义儿家婿，尚解回头一顾不。[②]

其十一

游戏拉萨十字街，偶逢商女共徘徊，
匆匆绾个同心结，掷地旋看已自开。

---

① 意谓拆散蜂与花者霜也。

② 藏中渡船皆刻木为马，其头反顾。

其十二

长干小生最可怜，为立祥幡傍柳边，
树底阿哥须护惜，莫教飞石到幡前。[①]

其十三

手写瑶笺被雨淋，模糊点画费探寻，
纵然灭却书中字，难灭情人一片心。

其十四

小印圆匀黛色深，私钳纸尾意沉吟，
烦君刻画相思去，印入伊人一寸心。[②]

其十五

细腰蜂语蜀葵花，何日高堂供曼遮，
但使侬骑花背稳，请君驮上法王家。[③]

其十六

含情私询意中人，莫要空门证法身，
卿果出家吾亦逝，入山和汝断红尘。[④]

① 藏俗于屋前多竖经幡，用以祈福。此诗可谓君子之爱人也，因及于其屋之幡。

② 藏人多用圆印，其色作黛绿。

③ 曼遮，佛前供养法也。

④ 此上二诗，于本分之为二，言虽出家，亦不相离。前诗葵花，比意中人，细腰蜂所以自况也。其意一贯，故前后共为一首。

其十七

至诚皈命喇嘛前，大道明明为我宣，
无奈此心狂未歇，归来仍到那人边。

其十八

入定修观法眼开，乞求三宝降灵台，
观中诸圣何曾见，不请情人却自来。

其十九

静时修止动修观，历历情人挂眼前，
肯把此心移学道，即生成佛有何难。[①]

其二十

醴泉甘露和流霞，不是寻常卖酒家，
空女当垆亲赐饮，醉乡开出吉祥花。[②]

其二十一

为竖幡幢诵梵经，欲凭道力感娉婷，
琼筵果奉佳人召，知是前朝佛法灵。

其二十二

---

①以上二诗亦为一首，于分为二。藏中佛法最重观想，观中之拂菩萨，名曰本尊，此谓观中本尊不现，而情人反现也。昔见他本情歌二章，余约其意为蝶恋花词云：静坐焚香观法像，不见如来，镇日空凝想。只有情人来眼上，亭亭铸出娇模样。碧海无言波自荡，金雁飞来，忽露惊疑状。此事寻常君莫怅，微风皱作鳞鳞浪。前半阕所咏即此诗也。

②空行女是诸佛眷属，能福人。

贝齿微张笑靥开，双眸闪电座中来，
无端觑看情郎面，不觉红涡晕两腮。

其二十三

情到浓时起致辞，可能长作玉交枝，
除非死后当分散，不遣生前有别离。[①]

其二十四

曾虑多情损梵行，入山又恐别倾城，
世间安得双全法，不负如来不负卿。

其二十五

绝似花蜂困网罗，奈他工布少年何，
圆成好梦才三日，又拟将身学佛陀。[②]

其二十六

别后行踪费我猜，可曾非议赴阳台，
同行只有钗头凤，不解人前告密来。[③]

其二十七

微笑知君欲诱谁，两行玉齿露参差，
此时心意真相属，可肯依前举誓词。

---

① 前两句是问词，后两句是答词。

② 工布，藏中地名，此女子诮所欢男子之辞。

③ 此疑所欢女子有外遇而致恨钗头凤之缄口无言也。原文为髻上松石，今以钗头凤代之。

其二十八

飞来一对野鸳鸯，撮合劳他贯酒娘，
但使有情成眷属，不辞辛苦作慈航。[①]

其二十九

密意难为父母陈，暗中私说与情人，
情人更向情人说，直到仇家听得真。

其三十

腻婥仙人不易寻，前朝遇我忽成禽，
无端又被卢桑夺，一入侯门似海深。[②]

其三十一

明知宝物得来难，在手何曾作宝看，
直到一朝遗失后，每思奇痛彻心肝。

其三十二

深怜密爱誓终身，忽抱琵琶向别人，
自理愁肠磨病骨，为卿憔悴欲成尘。

其三十三

盗过佳人便失踪，求神问卜冀重逢，

---

① 拉萨酒家撮合痴男怨女，即以酒肆作女闾。

② 腻婥拉荣，译言为夺人魂魄之神女。卢桑，人名，当时有力权贵也。藏人谓此诗有故事，未详。

思量昔日天真处，只有依稀一梦中。[1]

其三十四

少年浪迹爱章台，性命唯堪寄酒怀，
传语当垆诸女伴，卿如不死定常来。[2]

其三十五

美人不是母胎生，应是桃花树长成，
已恨桃花容易落，落花比汝尚多情。[3]

其三十六

生小从来识彼姝，问渠家世是狼无，
成堆血肉留难住，奔去荒山何所图。[4]

其三十七

山头野马性难驯，机陷犹堪制彼身，
自叹神通空具足，不能调伏枕边人。[5]

其三十八

羽毛零乱不成衣，深悔苍鹰一怒非，

---

① 此盗亦复风雅，唯难乎其为失主耳。

② 一云：当垆女子未死日，杯中美酒无尽时，少年一身安所托，此间乐可常栖迟。此当垆女，当是仓央嘉措夜出便门私会之人。

③ 此以桃花易谢，比彼姝之情薄。

④ 此竟以狼况彼姝，恶其野性难驯。

⑤ 此又以野马况之。

我为忧思自憔悴，那能无损旧腰围。[①]

其三十九

浮云内黑外边黄，此是天寒欲雨霜，
班弟貌僧心是俗，明明末法到沧桑。[②]

其四十

外虽解冻内偏凝，骑马还防踏暗冰，
往诉不堪逢彼怒，美人心上有层冰。[③]

其四十一

弦望相看各有期，本来一体异盈亏，
腹中顾兔消磨尽，始是清光饱满时。[④]

其四十二

前月推移后月行，暂时分手不需哀，
吉祥白月行看近，又到佳期第二回。[⑤]

其四十三

须弥不动住中央，日月游行绕四方，

---

① 鹰怒则损羽毛，人忧亦亏形容，此以比拟出之。

② 班弟教名，此藏中外道，故仓央嘉措斥之。

③ 谓彼美外柔内刚，惴惴然常恐不当其意。

④ 此与杜子美所写月中桂，清光应更多同意，藏中学者谓此诗以月比君子，兔比小人，信然。原文甚晦，疑其上下句有颠倒，余以意通之，译如此。

⑤ 藏人依天竺俗，谓月满为吉祥白月。

各驾轻车投熟路，未须却脚叹迷阳。[①]

其四十四

新月才看一线明，气吞碧落便横行，
初三自诩清光满，十五何来皓魄盈？[②]

其四十五

十地庄严住法王，誓言诃护有金刚，
神通大力知无敌，尽逐魔军去八荒。[③]

其四十六

杜宇新从漠地来，无边春色一时回，
还如意外情人至，使我心花顷刻开。[④]

其四十七

不观生灭与无常，但逐轮回向死亡，
绝顶聪明矜世智，叹他于此总茫茫。[⑤]

其四十八

君看众犬吠狺狺，饲以雏豚亦易训，
只有家中雌老虎，愈温存处愈生嗔。[⑥]

---

① 日月皆绕须弥，出佛经。

② 讥小人小得意便志得意满。

③ 此赞佛之词。

④ 藏地高寒，杜宇啼而后春至，此又以杜宇况其情人。

⑤ 谓人不知佛法，不能观死无常，虽智实愚。

⑥ 此又斥之为虎，且抑虎而扬犬，读之可发一笑。

其四十九

抱惯娇躯识重轻，就中难测是深情，
输他一种觇星术，星斗弥天认得清。[①]

其五十

郁郁南山树草繁，还从幽处会婵娟，
知情只有闲鹦鹉，莫向三岔路口言。[②]

其五十一

拉萨游女漫如云，琼结佳人独秀群，
我向此中求伴侣，最先属意便为君。[③]

其五十二

龙钟黄犬老多髭，镇日司阍仗尔才，
莫道夜深吾出去，莫言破晓我归来。[④]

其五十三

为寻情侣去匆匆，破晓归来积雪中，
就里机关谁识得，仓央嘉措布拉宫。[⑤]

---

① 天上之繁星易测，而彼美之心难测，然既抱惯娇躯识重轻矣，而必欲知其情之深浅，何哉？我欲知之，而彼偏不令我知之，而我弥欲知之，如是立言，是真能勘破痴儿女心事者。此诗可谓妙文，嘉措可谓快人。

② 此野合之词。

③ 琼结地名，佳丽所自出。杜少陵诗云：燕赵休矜出佳丽，后宫不拟选才人。此适与之相反。

④ 此黄犬当是为仓央嘉措看守便门者。

⑤ 以上二诗原本为一首，而于本分之。

其五十四

夜走拉萨逐绮罗，有名荡子是汪波，
而今秘密浑无用，一路琼瑶足迹多。[①]

其五十五

玉软香温被裹身，动人怜处是天真，
疑他别有机权在，巧为钱刀作笑颦。

其五十六

轻垂辫发结冠缨，临别叮咛缓缓行，
不久与君须会合，暂时判袂莫伤情。[②]

其五十七

跨鹤高飞意壮哉，云霄一羽雪皑皑，
此行莫恨天涯远，咫尺理塘归去来。[③]

其五十八

死后魂游地狱前，冥王业镜正高悬，
一困阶下成禽日，万鬼同声唱凯旋。

其五十九

卦箭分明中鹄来，箭头颠倒落尘埃，

---

① 此记更名宕桑汪波，游戏酒家，踏雪留痕，为执事僧识破事。

② 仓央嘉措别传言夜出，有假发为世俗人装，故有垂发结缨之事。当是与所欢相诀之词，而藏人则谓是被拉藏汗逼走之预言。

③ 七世达赖转生理塘，藏人谓是仓央嘉措再世，即据此诗。

情人一见还成鹄，心箭如何挽得回？[①]

其六十

孔雀多生印度东，娇鹦工布产偏丰，
二禽相去当千里，同在拉萨一市中。

其六十一

行事曾叫众口哗，本来白璧有微瑕，
少年琐碎零星步，曾到拉萨卖酒家。

其六十二

鸟对垂杨似有情，垂杨亦爱鸟轻盈，
若叫树鸟长如此，伺隙苍鹰那得撄？[②]

其六十三

结尽同心缔尽缘，此生虽短意缠绵，
与卿再世相逢日，玉树临风一少年。

其六十四

吩咐林中解语莺，辩才虽好且休鸣，
画眉阿姊垂杨畔，我要听他唱一声。[③]

---

① 卦箭卜筮之物，藏中喇嘛用以决疑者。此谓卦箭中鹄，有去无还，亦如此心驰逐情人，往而不返也。

② 虽两情缱绻，而事机不密，亦足致败，仓央嘉措于此似不远噬脐之悔。

③ 时必有以不入耳之言，强聒于仓央嘉措之前者。

其六十五

纵使龙魔逐我来，张牙舞爪欲为灾，
眼前苹果终须吃，大胆将他摘一枚。[①]

其六十六

但曾相见便相知，相见何如不见时？
安得与君相决绝，免教辛苦作相思。[②]

---

① 龙魔谓强暴，苹里喻佳人，此大有见义不为无勇之慨。

② 强作解脱语，愈解脱，愈缠绵，以此作结，悠然不尽。或云当移在三十九首后，则索然矣。

庄晶译本　最权威的白话译本

庄晶，现代学者。精通汉藏双语。20世纪50年代，庄晶先生偶然发现藏文木刻版的《仓央嘉措秘传》，曾将其中的主要内容信手翻译下来，可惜没有记下版本出处。1980年，庄晶先生依据拉萨哲通厦家刊印的木刻版《一切知音自在法祥妙本生的殊胜妙音天界琵琶音》，正式译为汉文，这是汉文版《仓央嘉措秘传》的起源。并由此掀起20世纪80年代的一次史学界文学界研究仓央嘉措情歌与身世的热潮。

1
在那东山顶上，
升起了皎洁的月亮。
娇娘的脸蛋，
浮现在我的心上。

2
去年栽下的青苗，
今年已成禾束。
青年衰老的身躯，
比南弓还要弯曲。

3
心中爱慕的人儿，
若能够百年偕老，
犹如从大海深处，
采来了奇珍异宝。

4
邂逅相遇的姑娘，
浑身散发着芳香。
恰似白色的松石，
拾起来又抛到路旁。

5
高官显贵的小姐，
若打量她的娇容美色，
就像熟透的桃子，
悬于高高枝头。

6
已经是意马心猿，
黑夜里也难以安眠。
白日里又未到手，
不由得心灰意懒。

7
已过了开花的时光，
蜜蜂儿不必心伤。
既然是情缘已尽，
我何必枉自断肠。

8
凛凛草上霜，
飕飕寒风起。
鲜花与蜜蜂，
怎能不分离？

9

野鸭子恋上了沼池，
一心要稍事休憩。
谁料想湖面封冻，
这心愿只得放弃。

10

木船虽然无心，
马头还能回望人。
无情无义的冤家，
却不肯转脸看我一下。

11

我和集上的大姐，
结下了三句誓约。
如同盘起来的花蛇，
在地上自己散开了。

12

为爱人祈福的幡儿，
竖在柳树旁边。
看守柳树的阿哥，
请别用石头打它。

13

用手写下的黑字，

已经被雨水浸掉。
心中没写出的情意，
怎么擦也不会擦掉。

14

印在纸上的图章，
不会倾吐衷肠。
请把信义的印戳，
打在各自的心房。

15

繁茂的锦葵花儿，
若能做祭神的供品，
请把我年轻的玉蜂，
也带进佛殿里面。

16

眷恋的意中人儿，
若要去学法修行，
小伙子我也要走，
走向那深山的禅洞。

17

前往得道的上师座前，
求他将我指点。

只是这心猿意马难收，
回到了恋人的身边。

18

默思上师的尊面，
怎么也没能出现；
没想那情人的脸蛋儿，
却栩栩地在心上浮现。

19

若能把这片苦心，
全用到佛法方面，
只在今生此世，
要想成佛不难！

20

纯净的水晶山上的雪水，
荡铃子上面的露珠，
甘露做曲的美酒，
智慧天女当垆。
和着圣洁的誓约饮下，
可以了堕恶途。

21

时来运转的时候，

竖起了祈福的宝幡。
有一位名门闺秀，
请我到她家赴宴。

22
露出了皓齿微笑，
向着满座顾盼。
那目光从眼角射来，
落在小伙儿的脸上。

23
爱情渗入了心底，
能否结成伴侣？
答道除非死别，
活着绝不分离。

24
若依了情妹的心意，
今生就断了法缘；
若去那深山修行，
又违了姑娘的心愿。

25
工布小伙的心，
好像蜜蜂撞上蛛网。

刚刚缠绵了三天，
又想起了佛法未来。

26

你这终生的伴侣，
若真是负心薄情，
那头上戴的碧玉，
它可不会做声。

27

启齿嫣然一笑，
把我的魂儿勾跑。
是否真心相爱，
请发下一个誓来。

28

与爱人邂逅相见，
是酒家妈妈牵的线。
若有了冤孽情债，
可得你来负担。

29

心腹话没向爹娘讲述，
全诉与恋人情侣。
情侣的情敌太多，

私房话全被仇人听去。

30
情人依楚拉姆，
本是我猎人捉住。
却被权高势重的官家，
诺桑甲鲁夺去。

31
宝贝在自己手里，
不知道它的贵重。
宝贝归了人家，
不由得怒气满胸。

32
和我相爱的情友，
已经被人家娶走。
心中积思成痨，
身上皮枯肉瘦。

33
情侣被人偷走，
只得去打卦求签。
那位纯真的姑娘，
在我的梦中浮现。

34

只要姑娘不死，
美酒不会喝完。
青年终身的依靠，
全然可选在这里。

35

姑娘不是娘养的，
莫非是桃树生的？
这朝三暮四的变化，
怎比桃花凋谢还快呢？

36

自幼相好的情侣，
莫非是豺狼生的？
虽然是已结鸾俦，
还总想跑回山里。

37

野马跑进山里，
能用网罟和绳索套住。
爱人一旦变心，
神通法术也于事无补。

38

巉岩加狂风捣乱，
把老鹰的羽毛弄残。
狡诈说谎的家伙，
弄得我憔悴难堪。

39

黄边黑心的乌云，
是产生霜雹的根本。
非僧非俗的僧侣，
是圣教佛法的敌人。

40

表面化冻的土地，
不是跑马的地方。
刚刚结交的新友，
不能倾诉衷肠。

41

你皎洁的面容，
虽和十五的月亮相仿，
月宫里的玉兔，
性命已不久长。

42
这个月儿去了，
下个月儿将会来到。
在吉祥明月的上旬，
我们将重新聚首。

43
中央的须弥山王，
请你屹立如常。
太阳和月亮的运转，
绝不想弄错方向。

44
初三的月儿光光，
银辉确实清澄明亮。
请对我发个誓约，
这誓可要像满月一样！

45
具誓金刚护法，
高居十地法界。
若有神通法力，
请将佛教的敌人消灭。

46

杜鹃从门隅飞来，
大地已经苏醒。
我和情人相会，
身心俱都舒畅。

47

无论是虎狗豹狗，
喂它点面团就驯服。
家中的斑斓母虎，
熟了却越发凶恶。

48

虽有肌肤之亲，
却摸不透情人的深浅。
还不如在地上画图，
把星辰的度数计算。

49

我和情人幽会，
在南谷的密林深处。
没有一人知情，
除了巧嘴的鹦鹉。
巧嘴的鹦鹉啊，
可别在外面泄露。

50

拉萨熙攘的人群中间，
琼结人的模样儿最甜。
中我心意的情侣，
就在琼结人的里面。

51

胡须满腮的老狗，
心眼比人还机灵。
别说我黄昏出去，
回来时已经黎明。

52

入夜去会情人，
破晓时大雪纷飞。
足迹已印在雪上，
保密还有什么用处？

53

住在布达拉时
是日增仓央嘉措。
住在“雪”的时候，
是浪子宕桑旺布。

54

锦被里温香软玉，
情人儿柔情蜜意。
莫不是巧使机关，
想骗我少年的东西？

55

帽子戴到头上，
辫儿甩在背后。
这个说："请多保重。"
那个说："请你慢走！"
"恐怕你又要悲伤了。"
"过不久就会聚首！"

56

洁白的仙鹤，
请把双翅借我。
不会远走高飞，
到理塘转转就回。

57

死后到了地狱，
阎王有照业的镜子。
这里虽无报应，
那里却不差毫厘。

58

一箭射中鹄的，
箭头钻进地里。
遇到了我的恋人，
魂儿已跟她飞去。

59

印度东方的孔雀，
工布深处的鹦哥。
生地各不相同，
同来拉萨会合。

60

人们对我指责，
我只得承担过错。
小伙儿我的脚步，
曾到女店东的家里去过。

61

柳树爱上了小鸟，
小鸟对柳树倾心。
只要情投意合，
鹞鹰也无机可乘。

62

在这短暂的一生，
多蒙你如此待承。
不知来生少年时，
能否再次相逢。

63

背后凶厉的魔龙，
不管它凶也不凶。
为摘前面的苹果，
敢豁出这条性命。

64

压根没见最好，
也省得神魂颠倒。
原来不熟也好，
免得情思萦绕。

65

倾诉衷肠的地方，
是蓊郁的柳林深处。
除了画眉鸟儿，
没有别人知道。

66

花儿开了又落，
情侣相好变老。
我与金色小蜂，
从此一刀两断。

67

朝秦暮楚的情人，
好似那落花残红。
虽然是千娇百媚，
心里面极不受用。

68

恋人长得俊俏，
彼此情意绵绵。
如今要进山修法，
行期延了又延。

69

骏马起步太早，
缰绳拢得晚了。
没有缘分的情人，
知心话说得早了。

70
往那白鹫山上，
一步一步地登攀。
雪水溶成的水源，
在池塘中和我相见。

71
一百棵树木中间，
选中了这棵杨柳。
小伙我从不知道，
树心已经腐朽。

72
河水慢慢地流淌，
让鱼儿的胸怀放宽。
鱼儿放宽胸怀，
身心都能得到平安。

73
方方的柳树林里，
住着画眉吉吉布尺。
只因你心肠太狠，
咱们的情分到此为止！

74

山上的草坝黄了，
山下的树叶落了。
杜鹃若是燕子，
飞向门隅多好！

75

杜鹃从门隅飞来，
为的是思念神柏。
神柏变了心意，
杜鹃只好回家。

76

会说话的鹦鹉，
从工布来到这方。
我那心上的人儿，
是否平安健康？

77

一双眸子下边，
泪珠像春雨连绵。
冤家你若有良心，
好好地看我一眼！

78
在离别远行的时候，
送你的是多情的秋波。
请你用皓齿笑靥，
永远以真心对我。

79
翠绿的布谷鸟儿，
何时要去门隅？
我要给美丽的姑娘，
寄过去三次讯息。

80
在四方的玉妥柳林里，
有一只画眉吉吉布尺。
你可愿和我鹦鹉结伴，
一起到工布东面的地区？

81
东方的工布巴拉，
多高也不在话下，
牵挂着我的情人，
驱策着骏马飞奔。

82

琼结方方的柳林，
画眉索朗班宗，
不会远走高飞，
注定能很快相逢。

83

若说今年播种的庄稼，
明年还不能收成。
只有请甘霖雨露，
从天上降下来吧！

84

姑娘美貌出众，
茶酒享用齐全，
纵然死后成神，
不如与她结伴。

85

以贪嗔悭吝积攒，
虚幻妙欲之财，
遇到情人之后，
吝啬结儿散开。

86
我和红嘴乌鸦，
未聚而人言汲汲，
彼与鹞子鹰隼，
虽聚却无闲话。

87
河水虽然很深，
铁钩能捕到鱼儿。
情人口蜜腹剑，
心意尚未判断。

88
黑业白业的种子，
虽是悄悄地播下，
果实却隐瞒不住，
自己在逐渐成熟。

89
达布地方温暖，
达布姑娘俊俏，
若无无常死殁，
定能白头偕老。

90
风啊，
从哪里吹来？
风啊，
从家乡吹来！
我幼年相爱的情侣啊，
风儿把她带来！

91
在那西面峰峦顶上，
朵朵白云在飘荡。
定是那意增旺姆啊，
为我燃起祈福的神香。

92
水和乳液掺和，
金龟能够辨别，
我和情侣心身融合，
没有谁能够分别。

93
我心如洁白的哈达，
纯朴无瑕无玷。
你心间有什么图案，
画什么悉听尊便。

94

我心对你如新云密集，
一片真诚眷恋。
你心对我如无情的狂风，
一再将云朵吹散。

95

蜂儿生得太早了，
花儿又开得太迟了，
缘分浅薄的情人啊，
相逢实在太晚了。

96

仅仅穿上黄袈裟，
假若就成喇嘛，
那湖上的金黄野鸭，
岂不也能超度众生？

97

凭借拾人牙慧，
就算三学佛子，
那能言的禽鸟鹦鹉，
也该能去讲经布道！

98

江河宽阔的忧虑，
船夫可以为你除去，
情侣逝去的悲哀，
有谁能帮你排解？

99

到处在散布传播，
腻烦的流言蜚语。
我心中爱恋的情人，
眼睁睁地望着她远去……

100

衷心向往的方向，
毛驴比马还快，
当马儿还在备鞍时，
毛驴已飞奔到山上。

101

在金黄蜂儿的心中，
不知是如何思量。
而那青苗的心意，
却盼着甘霖普降。

102

故乡远在他方，
双亲不在眼前，
那也不用悲伤，
情人胜过亲娘。
胜过亲娘的情人啊，
翻山越岭来到身旁。

103

一庹高的桃树枝上，
桃花满目琳琅，
请对我许下诺言，
能及时结成硕果。

104

媚眼如弯弓一样，
情意与利箭相仿。
一下就射中了啊，
小伙我的心房！

105

在那山的右方，
采来无数蘡麦。
为的是洗涤干净，
对我和姑娘的毁谤。

106
为了与娇娘结成眷属，
点燃虔诚的神桑。
从那左方山峰的旁边，
采来了神柏刺柏。

107
杨柳未被砍断，
画眉未被惊扰。
到玲珑的宗角鲁康，
当然有权去看热闹。

108
木船的马头昂首张望，
马头上的旗幡猎猎飘荡，
情人啊莫要忧伤，
我俩已经注在命运册上。

109
从东面山上来时，
原以为是一头麋鹿；
来到西山一看，
却是一只跛脚的黄羊。

110

满满的一渠流水，
汇潴于一个池中。
若能放下疑虑，
请到此池中引水吧！

111

太阳环绕四大部洲，
绕着须弥山转过来了；
我心爱的情人，
却是一去不再回头。

112

那山的神鸟松鸡，
与这山的小鸟画眉，
命中的缘分已尽了吧，
中间产生了磨难。

113

你对我的情分，
不要像对骏马似的牵引。
要像对那洁白的羔羊，
任它自由自在的牧放。

114

香浓的内地茶汁，
拌任何糌粑都很甘香。
我看中的亲密爱侣，
横看竖看就是漂亮。

115

白昼看美貌无比，
夜晚间肌香袭人，
我的终身伴侣，
比鲁顶的花儿更为艳丽。

116

挥舞着白色的良弓，
准备射哪支箭？
你心爱的情人啊，
我已恭候在虎皮箭囊之中。

117

天上没有乌云，
地上却风雪交加，
不要对它怀疑，
提防其他方面。

118

江水向下流淌，
渗流到工布地底。
报春的杜鹃啊，
不用心中悲戚！

119

由它江水奔腾激荡，
任它鱼儿跳来跳去，
请将龙女措曼吉姆，
留给我做终身伴侣。

120

白色睡莲的光辉，
照耀整个世界。
莲花花蕊茎上，
莲蓬在一旁成长。
只有我鹦鹉哥哥，
作伴来到你的身旁。

121

彼此无情的伴侣，
像神像没修完毕，
又如买来马匹，
却不会疾走驰驱。

122

向上师请赐教诫，
他也会慨然应允；
自幼相好的姑娘，
从不讲真心话语。

123

核桃可以砸开吃，
桃子可以嚼着吃。
今年结的青苹果，
却酸倒了牙齿。

附录一　仓央嘉措生平年表

1683　一岁。仓央嘉措于正月十六日生于山南错那门隅。据说，他出生时天降异象。其父扎西丹增是一位红教（宁玛教）徒，原居错那宗。

1686　四岁。从拉萨来了两个神秘的陌生人，确认仓央嘉措是五世达赖的转世灵童，但秘而不宣。此后，灵童的一切生活都在格鲁派的照料之下。

1692　十岁。仓央嘉措被秘密送往巴桑寺，由拉萨来的高僧传授他佛法。巴桑寺当时是一座红教寺院。戒规没有格鲁派那样清严。

1696　十四岁。第巴公开了仓央嘉措的活佛身份，并对外宣布了五世达赖的死讯。

1697　十五岁。此年燃灯节之际，在丹增达赖汗和第巴·桑结嘉措等藏蒙僧俗官员的参加下，仓央嘉措在布达拉宫的司喜平措大殿举行了坐床典礼，称第六世达赖喇嘛，成为格鲁派法王。清朝康熙皇帝从大局考虑，派出章嘉呼图克图等参加了典礼，并赏赐了珍宝。

1698　十六岁。仓央嘉措至哲蚌寺，从《菩提道次第广论》的开首处，开始听取法相经典。第巴教授其梵文声韵知识。另外，还从班禅大师及甘丹寺主持、萨迦、格鲁、宁玛等派有道上师学习大量显密经典。第巴对于仓央嘉措的学习，管理得非常严格。

1700 丹增达赖汗在西藏去世。其次子拉藏鲁白前来西藏，承袭了其父职位。蒙古施主当中对此也产生了赞同与反对的两种意见。另外，第巴对第五世达赖喇嘛的圆寂进行了长期保密，也引起了清朝康熙帝的不满。在西藏内部，由于第巴独断专行，长期“匿丧”，也招致哲蚌寺、色拉寺部分首脑不满，西藏政局复杂诡谲。这对仓央嘉措也有一定影响，有厌倦之意。

1701 十九岁。因为西藏政权之争，拉藏汗等蒙古部落首领根据一些传言，质疑仓央嘉措的身份，不承认他是六世达赖。

1702 二十岁。第巴劝其受比丘戒。他听从劝告，前往扎什伦布寺与班禅大师洛桑益西相见。但他最后拒绝受戒，还要求收回沙弥戒返俗。仓央嘉措在扎什伦布寺居17日后返回拉萨。自那以后，仓央嘉措时常穿起俗人衣服，去拉萨游荡。

1703 二十 岁。因拉藏汗与第巴政治矛盾加深，拉藏汗蛊惑康熙去查检六世法体的真假。

1705 二十三岁。第巴与拉藏汗矛盾冲突爆发，第巴兵败被杀。从此以后，蒙古人拉藏汗统治西藏前后长达十二年。

1706 二十四岁。拉藏汗掌握大权以后，对第六世达赖喇嘛多方责难。并说仓央嘉措不是第五世达赖喇嘛真正的转世灵童，他终日沉湎于酒色，不守清规，请予废立。康熙帝命废除仓央嘉措的职位，“执献京师”。经哲蚌寺时被营救，后在青海湖神秘遁走。生死成为一个谜团。

1707 二十五岁。拉藏汗将阿旺益西嘉措立为第六世达赖喇嘛，将其迎至布达拉宫坐床，他在位十二年。益西嘉措坐床以后，拉藏汗便上奏康熙皇帝，请求皇帝承认他是达赖喇嘛，并赐金印。皇帝依奏，赐金印一颗，印文为："敕封第六世达赖喇嘛之印"，被修改为"敕赐第六世达赖喇嘛之印"。但是，西藏僧俗群众皆不承认他是达赖喇嘛的转世灵童。

1707—1716期间　自青海湖遁走后，他经打箭炉至内地的峨眉山等地去朝山拜佛。然后，又前后到藏、印度、尼泊尔等地云游。

1716前后　他来到内蒙古阿拉善旗，从此在这里生活，先后当了十三座寺庙的住持，广结善缘，讲经说法。创下无穷精妙事业。

1746　六十四岁。5月8日仓央嘉措在阿拉善坐化。

1757　仓央嘉措的弟子阿旺多尔济依照师父生前的意旨在贺兰山中修造广宗寺，寺内供奉着六世达赖灵塔（六世达赖肉身）。

1760　清廷赐该寺名"广宗寺"，授予镌有藏满蒙汉四种文字寺名的乾隆御笔金匾。从此南寺有了这个正式名称。

附录二　误传的仓央嘉措诗

信徒

那一天
我闭目在经殿香雾中
蓦然听见　你颂经中的真言

那一月
我摇动所有的经筒
不为超度　只为触摸你的指尖

那一年
我磕长头匍匐在山路
不为觐见　只为贴着你的温暖

那一世
我转山转水转佛塔啊
不为修来生　只为途中与你相见

十诫诗

第一最好不相见，如此便可不相恋。
第二最好不相知，如此便可不相思。
第三最好不相伴，如此便可不相欠。
第四最好不相惜，如此便可不相忆。
第五最好不相爱，如此便可不相弃。
第六最好不相对，如此便可不相会。
第七最好不相误，如此便可不相负。
第八最好不相许，如此便可不相续。
第九最好不相依，如此便可不相偎。
第十最好不相遇，如此便可不相聚。
但曾相见便相知，相见何如不见时。
安得与君相决绝，免教生死作相思。

见与不见

你见，或者不见我
我就在那里
不悲不喜

你念，或者不念我
情就在那里
不来不去

你爱，或者不爱我
爱就在那里
不增不减

你跟，或者不跟我
我的手就在你手里
不弃不离

来我的怀里
或者
让我住进你的心里
默然 相爱
寂静 欢喜

在看得见你的地方

在看得见你的地方，
我的眼睛和你在一起。
在看不见你的地方，
我的心和你在一起。